de
DIVORCES
Par
R. Pingrenon
E. BERNARD
ÉDITEUR
PARIS

R. Fille de Divorcés

COURBEVOIE

IMPRIMERIE E. BERNARD

14, RUE DE LA STATION, 14

BUREAUX A PARIS : 29, QUAI DES GRANDS-AUGUSTINS

Fille de Divorcés

Par R. Pingrenon

PARIS

E. BERNARD, IMPRIMEUR-ÉDITEUR

29, Quai des Grands-Augustins, 29

Droits de Traduction et de Reproduction réservés

A Monsieur A. Billard
       Inspirateur de ce livre.

Hommage respectueux.
                R. P.

Fille de Divorcés.

I

CLAUDE THISSANDIER

Claude Thissandier posa son burin d'un geste las. Une chaleur obsédante et lourde envahissait l'atelier du graveur.

Au dehors, il faisait un temps froid et sec. Claude eut envie de baigner son front brûlant dans l'air glacé. Ses yeux brillaient de fièvre. Il comprit qu'il était incapable de poursuivre, en ce moment, la réalisation de l'œuvre ébauchée. La main tremblante refusait d'obéir, le cerveau s'embrumait.

Sa pensée maladive effleura, indifféremment, la silhouette d'Yvonne Thissandier, sa femme et de sa fille Jeanne.

Robuste et bien portante, prenant plaisir aux longues courses à pied dans le Paris des belles journées d'hiver, la première faisait allègrement celles dont elle lui avait énuméré la liste en déjeunant : essayage chez le couturier, achats dans un grand magasin, quelques visites mondaines.

La seconde venait de partir avec sa bonne pour se rendre chez une amie d'Yvonne, la jeune comtesse de Croissy-Laval, qui donnait à goûter aux petits amis et aux petites compagnes de son fils Etienne que l'on allait mettre au collège.

Etienne avait neuf ans, et, par une crainte exagérée de bobos successifs, mais insignifiants, sa mère avait hésité jusqu'à ce jour à s'en séparer.

Jeanne Thissandier, adorable mignonne de six ans, était l'amie préférée d'Etienne et le préférait elle-même à ses quelques camarades d'enfance et de vacances. Yvonne et la comtesse Berthe, anciennes pensionnaires du même couvent, souriaient quelquefois à l'avenir en constatant cette inclination mutuelle qui se manifestait dès le premier âge.

Et, dans le désarroi de sa peine physique, Claude, célèbre déjà, escomptait orgueilleusement cet avenir que, sans cesse entravé par une santé détestable, il croyait cependant avoir vaincu par sa ténacité.

Appartenant à une famille de petits commerçants parisiens, il avait lutté avec acharnement pour se faire un nom parmi les graveurs au burin.

L'Ecole des Beaux-Arts l'avait compté parmi ses meilleurs élèves.

Il avait su choisir, dans les rangs de ses camarades, les fils de famille riches et de parents influents qu'il avait gagnés par des services et des flatteries.

Une maîtresse riche lui avait procuré des relations et des commandes.

Et à vingt-huit ans, il avait épousé, par amour d'imagination, Yvonne de Versigny qui lui apportait avec une dot modeste, sa merveilleuse carnation de blonde, sa beauté enviée des femmes, désirée ardemment des hommes et dont la noblesse authentique lui ouvrait les portes des salons les plus fermés.

Les Versigny n'avaient pas une grosse fortune, mais que lui importait ? Il gagnait largement sa vie.

Par l'élégance de ses toilettes sobres, la perfection de ses formes sculpturales, l'attrait de son admirable visage, Yvonne conquérait victorieusement l'influence des relations que d'autres femmes pouvaient avoir dans le monde gouvernemental.

Et bientôt son salon fut très éclectique — Claude affichant des idées fort avancées en temps opportun — et devint un centre d'action pour les ambitieux en quête de faveurs.

Yvonne avait une intelligence moyenne que les études du couvent n'avaient point développée. Elle possédait quelques arts d'agrément, c'est-à-dire qu'elle peignait de petites toiles qui n'avaient aucune valeur, qu'elle jouait impeccablement du classique et déchiffrait à première vue les morceaux des compositeurs à la mode.

Elle aimait la valse avec passion et connaissait plusieurs danses de caractère, ayant reçu, jeune fille, des leçons particulières.

Enfin, elle eût adoré les sports.

Claude haïssait au contraire le mouvement et, en résumé, tout exercice fatigant.

Son art lui plaisait infiniment et c'était peut-être, sans qu'il le sût, la seule chose qu'il aimât au monde, en dehors des honneurs et du bien-être.

Souffrant constamment d'atroces crampes d'estomac qui le tenaillaient, lui donnaient le vertige, provoquaient des nausées et des maux de tête violents, il sortait peu de chez lui et passait si rarement la nuit dans la chambre de sa femme que le fait, lorsqu'il se produisait, prenait à l'office toutes les proportions d'un événement.

Et Claude, si bien armé intellectuellement, en face de la lutte pour la vie et pour la réalisation de ses rêves, avait cependant la faiblesse de croire à l'infaillibilité de la vertu d'une seule femme,... la sienne !

Et celle-ci, alors en pleine force de l'âge, belle, active, saine, devait se contenter des rares étreintes, des caresses sans vigueur d'un mari malade qui ne lui avait jamais murmuré à l'oreille un mot vibrant d'amour.

Sans doute Yvonne trouvait-elle auprès de sa fille toutes les consolations. Car elle aimait cette enfant et ne paraissait point souffrir de la situation anormale où l'avait placée ce mariage de convenance dans lequel ses intérêts seuls avaient été consultés par ses parents.

Non, Claude n'avait jamais craint d'être trompé.

Son orgueil et l'honnêteté de sa femme le préservaient du tourment des soupçons.

Et lorsque, fréquemment, il comparait le passé au présent, et bâtissait d'autres projets qu'il était presque toujours sûr de mener à bien, il se félicitait de cette union paisible et de la situation de tout repos qui lui était faite, grâce à la résignation d'Yvonne.

Il était fier de la beauté de cette créature que la loi avait soumise à sa volonté. Et, bien qu'il ne pût mordre à ce beau fruit tentateur que lui enviait chacun, du moins s'affirmait-il en être le seul propriétaire.

L'affection qu'il portait à Jeanne paraissait être également de nature contemplative car il ne manifestait aucune expansion envers l'enfant.

Laide, il ne l'eût certainement jamais embrassée, mais elle promettait de faire honneur à l'unique geste un peu viril auquel elle devait sa naissance.

Claude ne voyait donc aucun obstacle à ce que sa fille devînt un jour vicomtesse de Croissy-Laval, si les vagues projets des deux mères se précisaient.

Une sympathie, basée sur des goûts et des intérêts artistiques communs, rapprochait fréquemment le comte Louis, grand amateur de burin et bibliophile distingué, du graveur dont la signature représentait un équivalent respectable de bonnes espèces sonnantes et trébuchantes.

. . . .

Mais aujourd'hui, Claude abandonne l'effort même du rêve. Il se sent dominé par un irrésistible besoin d'aspirer de l'air froid.

Et, fébrilement, par gestes saccadés, il s'habille puis il jette quelques ordres brefs et sort sans but.

II

JACQUES DE VERSIGNY

Claude Thissandier habite non loin des Champs-Elysées. Il va s'y rendre et marchera une demi-heure sans se presser puis reviendra sur ses pas. Il se dirige en effet de ce côté.

Mais, avec cette irrésolution que donne la souffrance, il tourne brusquement le dos, traverse la place de la Concorde, longe la rue Royale dont l'animation ne tarde pas à l'agacer.

— « Si j'allais voir Jacques ? Peut-être ne le trouverai-je pas ?... Ce serait même un hasard qu'il fût chez lui à cette heure... Tant pis... je vais prendre une voiture. »

Et Claude hèle un cocher en songeant à la veine soudaine de ce Jacques de Versigny, cousin germain de sa femme, un joyeux mais discret familier de sa maison que la fortune, tombée du ciel, ne semble pas avoir grisé.

Orphelin à quinze ans, mis sous la férule d'un tuteur rigide, ayant à vingt-trois ans mangé tout son bien, se résignant aussitôt à accepter un emploi, assez lucratif, dans une banque, ce beau garçon qui ressemble à un vigoureux soudard de Roybet, refuse, avec parti-pris, les chaînes dorées de plusieurs mariages et finalement, rencontre, en voyage, un parent éloigné, d'une autre branche, Robert de Versigny, veuf, sans enfants, collectionneur de faïences et de verreries, original, bourru, qui lui lègue toute sa fortune, un million, et ses collections qui lui en rapportent plus du double.

L'expérience, acquise antérieurement à ses dépens, avait sauvé Jacques de Versigny de la soif du plaisir à outrance et de l'affolement des désirs coûteux.

Envisageant froidement sa nouvelle situation, il avait d'abord constaté que les valeurs de son parent étaient sûres et de bon rapport.

Puis il augmenta leur nombre et leur importance, quitta sans regrets la banque qui avait abrité « sa période transitoire » comme il appelait gaiement ses années de gêne, et se promit formellement de ne dépenser désormais que ses revenus.

Claude voyait avec plaisir, les soirs de réception, ce mâle jeune homme, riche et décoratif, évoluer dans son atelier.

Il le présentait avec une évidente satisfaction aux nouveaux venus parmi ses relations mondaines et, dans l'intimité, condescendait à l'éclairer de son jugement lorsque la conversation s'aiguillait vers les sujets qui le charmaient le plus : la peinture, les objets précieux, les estampes, les livres rares.

Jacques s'effaçait volontiers devant ses enthousiasmes brefs, ses arrêts mordants, ses critiques âpres et ses railleries un peu méchantes à l'égard de certains artistes, et surtout de confrères moins doués.

Le jeune millionnaire préférait les sports aux beaux-arts ; les courses de bicyclettes et d'autos le passionnaient ; il s'intéressait, par snobisme, aux progrès de la science.

Yvonne Thissandier et Jacques de Versigny avaient, on le voit, des goûts assez semblables, concordant à une heureuse médiocrité de cerveau et d'âme, médiocrité dorée par le milieu, les influences, la beauté physique mise en valeur dans le cadre de la fortune.

Leur contentement de vivre, d'être jeunes, bien portants, aimables, fêtés dans leur monde, de ne manquer d'aucune satisfaction relative au bien-être, de posséder même le superflu, de ne rien souhaiter au-delà du recommencement quotidien, contrastait avec la nervosité habituelle de Claude, toujours souffrant, nerveux, agité, inquiet, dévoré d'ambition.

Mais Claude savourait cette supériorité intellectuelle qui le plaçait au-dessus de ceux qui l'entouraient.

Il eût souffert d'avoir épousé une intelligence semblable à la sienne et il n'eût point pardonné à l'homme admis dans son intérieur d'afficher, outre une fortune dépassant ses biens propres, une mentalité avec laquelle il dût rivaliser.

Jacques venait de faire achever l'installation d'un nouvel appartement Boulevard Malesherbes et il avait, tout récemment, prié Claude de lui donner, sur place, plusieurs conseils, pour la mise au point définitive.

Claude avait promis et remettait constamment sa résolution à un jour ultérieur. Il était donc certain que Jacques ne l'attendait pas, car il avait presque convenu la veille, qui était un jeudi, de passer chez lui le mardi suivant. De plus, Claude sortait très rarement et ne rendait pour ainsi dire jamais visite à Jacques.

Mais les gens maladifs ont fréquemment des désirs étranges. Et un besoin subit d'un moment d'expansion, de détente, — moments presque ignorés des familiers du graveur, — lui donnait maintenant une sorte de hâte d'arriver, de se reposer. Il lui semblait qu'il se sentait déjà mieux, que l'air vif, le mouvement de la voiture aux roues caoutchoutées, le bruit régulier des sabots du cheval frappant le sol, l'apaisaient, lui faisaient du bien.

Le trajet, très court, s'effectua normalement jusqu'aux environs de son but mais, au boulevard, un encombrement de véhicules aussi inextricable qu'inattendu, immobilisa sa voiture à très peu de distance de la maison habitée par Jacques de Versigny.

Claude s'impatientait de se trouver bloqué au milieu de la chaussée. La tête hors de la portière, il fixait la porte cochère dans un interstice que semblait lui avoir ménagé le hasard et calculait s'il ne lui serait pas possible de passer, à pied, entre les voitures, lorsqu'il vit distinctement sa femme sortir de la maison et jeter quelques regards rapides à droite et à gauche.

Elle parut un peu déconcertée par l'animation de la grande artère, habituellement plus calme, se dirigea sans retard vers une voiture qui devait l'attendre. Claude ne l'apercevait plus, mais le cocher se pencha, comme pour refermer la portière.

Sa propre voiture était séparée de ce fiacre par quelques attelages ; il espéra cependant qu'il pourrait aborder à temps pour rejoindre sa femme et lui parler.

Les cochers s'injuriaient, les agents remplissaient consciencieusement l'office de mouches du coche, la foule ricanait, les chevaux piaffaient et secouaient leurs gourmettes, puis soudainement, la désarticulation eut lieu avec aussi peu de logique que s'était formé l'enchevêtrement.

Claude avait réfléchi. Se renfonçant dans un angle de sa voiture, il laissa s'éloigner le fiacre qui emportait maintenant l'inconsciente Yvonne. Il prit son temps pour descendre, feignit d'avoir oublié un objet sur les coussins pour gagner quelques minutes et monta très lentement chez Jacques.

M. de Versigny parut d'abord gêné en le voyant

puis l'accueillit avec des marques exagérées de contentement.

— Croiriez-vous Jacques, que je viens d'être arrêté à quelques pas de votre maison par un encombrement de voitures... Il m'avait semblé voir ma femme sortir de chez vous ?

— Ah ! répondit Jacques. Et il rougit très maladroitement... Eh bien, ce n'était pas elle.

Claude sentit un froid mortel glacer son misérable corps.

Le soupçon, qu'il avait intérieurement qualifié d'insensé en montant l'escalier, devenait certitude. Il ne se trompait pas. Il avait formellement reconnu sa femme et il s'attendait à ce que Jacques lui dit, dès son arrivée : « Votre femme sort d'ici. »

Il n'eût pas trouvé singulier, mais seulement un peu incorrect, que la jeune femme éprouvât le désir de voir Jacques chez lui. N'étaient-ils pas réunis plusieurs fois par semaine soit chez Claude, soit en ville ?

Et, cependant, c'était sa méfiance innée qui lui avait fait laisser, entre la sortie d'Yvonne et son arrivée, un espace de temps suffisant pour que Jacques ne pût deviner qu'ils avaient risqué de se croiser en route.

Il dissimula son premier mouvement de surprise et de fureur ; il enveloppa, d'un regard aigu, Jacques de Versigny, et pensa : « Le sot ! »

Puis, à peu près maître de lui-même, il visita l'appartement dont il releva impitoyablement toutes les fautes de goût.

Comme Jacques s'humiliait platement, il se sentit devenir féroce ; il eut alors le courage de plaisanter et de rejeter sur son mauvais caractère et son intransigeance en matière d'art, les phrases cruelles dont il l'avait flagellé.

Lorsqu'il le quitta, Jacques était convaincu qu'il n'y avait eu, dans la rencontre des deux époux, qu'une fausse alerte, Claude n'ayant pas, croyait-il, reconnu sûrement sa femme.

De son côté, Claude ne pouvant convenir qu'il était trompé, voulant croire à une intrigue qui se nouait et à laquelle il allait mettre bon ordre, tenta, le soir même, une nouvelle épreuve avant de commencer une enquête sérieuse sur des faits aussi troublants.

LES PREMIERS SOUPÇONS

La gent domestique des Thissandier se composait d'un valet de chambre, d'une cuisinière et d'une bonne anglaise pour l'enfant.

Jeanne prenait ses repas à table avec ses parents. Le dessert achevé, Claude disait au valet de chambre, qui servait à table, de faire venir la bonne pour emmener Mademoiselle.

Alors les époux demeuraient seuls et s'entretenaient de sujets qui pouvaient mutuellement les intéresser. Ces sujets étaient habituellement peu nombreux.

Claude attendait cette opportunité pour demander négligemment à Yvonne de lui raconter comment elle avait employé sa journée.

— Mais tu le sais bien. Je t'ai dit en déjeunant que j'allais essayer chez Pascho, puis acheter du linge *Au meilleur marché*... enfin c'était le jour de madame Dozen, de mesdames de Saint-Genis et de la ba-

ronne Chapteuil... une après-midi bien remplie,
comme tu vois... j'ai dû prendre une voiture pour
rentrer... Tu étais sorti quand je suis arrivée ?

— Je suis allé voir Jacques.

Il la dévisagea.

— Tiens ! fit-elle, impassible. Quelle idée !

Et toi, quel aplomb ! pensa Claude frémissant, mais
il se contint.

— Comment trouves-tu son *chez lui* ? Est-ce bien
compris ?

— C'est ignoble, sans goût, ridicule. Mais n'as-tu
pas la curiosité d'aller voir ?

— Si tu veux m'accompagner, j'irai avec plaisir.

— Pourquoi pas seule ? répliqua Claude.

— Ce ne serait guère convenable.

— Peut-être as-tu raison.

Après quelques minutes de silence, Claude ajouta
d'un ton persifleur :

— Il est plus sage d'attendre le jour où il pendra
la crémaillère. Il nous invitera sans doute. Et tu
jugeras.

La conversation tomba de nouveau. Yvonne la reprit au bout d'un instant.

— Tu es bien sévère aujourd'hui pour Jacques. Il
t'a déplu ?

— Oh ! fit Claude dédaigneusement, ce n'est pas
un artiste, c'est un snob.

— C'est un bon garçon.

— Oui, c'est un bon garçon. Ils sont comme cela

des masses de bons garçons... pas dangereux... aimables... heureux d'être au monde... et de voir clair,
comme dit le peuple... Mais enfin, on ne peut pas
dire le contraire. C'est un bon garçon.

Claude avait repris la note indifférente, froide et
un peu railleuse qui lui était habituelle.

Un quart d'heure après, l'un et l'autre se retiraient
dans leur chambre. Un bonsoir qui s'efforçait de paraître affectueux, ajoutait son mensonge à ceux qui
venaient de s'échanger.

Demeuré seul, Claude donna libre cours à sa co-
lère. Il ne souffrait guère que depuis cette conversation, d'apparence badine.

Il n'est pas rare qu'un blessé ne ressente pas immédiatement son mal. D'abord, il ne se rendit pas un
compte exact de ce qui lui arrivait. Maintenant, il
lui semblait voir la trahison en face. Mais, que faire?
Il n'avait pas de preuves. Jacques allait avertir
Yvonne, lui conseiller la prudence. C'était tout indi-
qué. Ils devaient avoir un moyen de correspondre.
Au fait, ils se voyaient le lendemain à la vente de
charité organisée par l'*Œuvre des Orphelines tuber-
culeuses* dont Yvonne était dame patronesse.

Quel bouleversement dans son existence déjà si
occupée! Il fallait savoir à tout prix la vérité... agir.
Il ne pouvait déjà plus se maîtriser. Mais on ne le
jouerait point. Il n'accepterait pas cela!

Yvonne, cette femme au regard honnête... sa

femme! Cette statue impeccable, cette chaste, cette pudique créature était capable d'un tel acte!

Comme il la châtierait si elle avait, ainsi, fait mentir les apparences, si elle lui avait donné l'unique leçon de duperie qu'une femme lui eût jamais infligé de sa vie!

Mais fiez-vous donc aux sottes et n'est-ce pas l'éternelle comédie? Soit, Yvonne le verrait alors dans son rôle de mari puisqu'elle l'aurait voulu.

Et cependant son amour n'était guère en cause. Seul, son amour-propre souffrait. Et il ne songea pas un instant que les coupables avaient une circonstance atténuante capitale : sa propre culpabilité d'époux.

IV

AMANT ET MAITRESSE

A peine mariés, les Thissandier reçurent Jacques.
Claude, aimant que l'on vit, dans son intimité, son
cousin de Versigny, rendit la maison agréable au
jeune homme.

Celui-ci venait alors d'atteindre sa majorité. Il avait
tous les appétits d'une jeunesse trop surveillée.
Maître de ses biens, il les dévora littéralement en
deux ans. On ne lui connut cependant pas de maîtresse attitrée. Il ne s'attachait à aucune femme, ne
s'adressant, du reste, qu'aux luxurieuses profession-
nelles haut cotées.

Enfants, les deux cousins se plaisaient à jouer ensemble, jeunes gens, ils avaient été séparés. Ils se
retrouvèrent sans enthousiasme, mais avec une satisfaction vague. Jacques apprécia la beauté d'Yvonne
et n'eut point l'idée de lui faire la cour.

Bien qu'elle n'eût que deux ans de plus que son
cousin, la femme du graveur traitait celui-ci avec la
gravité puérile d'une maman très jeune pour un fils
qui a grandi trop vite.

Le jour vint où Jacques, ruiné, dut consentir au travail. Sa résignation facile lui créa dans le monde une réputation d'homme énergique.

Yvonne l'admira.

Elle n'avait jamais eu grande affection pour son mari. Tout au plus éprouvait-elle de la reconnaissance à son égard en pensant à la naissance de Jeanne. Elle ignorait l'amour, n'ayant jamais ressenti la volupté à défaut de tendresse.

N'ayant pas le sentiment de l'art, elle ne comprenait nullement celui de Claude qui ne l'intéressait guère. Ainsi que Jacques, elle aimait à se servir d'expressions techniques, un peu bizarres, qui la posaient. Elle se plaisait à répéter, au retour des expositions, les critiques à l'emporte-pièce de son mari, mais au fond, elle trouvait que ses travaux étaient longs, fastidieux, énervants à contempler en cours d'exécution.

De son côté, Claude avait besoin de solitude pour donner toute sa mesure.

Les deux époux n'avaient donc jamais connu ces douces heures d'intimité qui resserrent les liens conjugaux, ces conversations paisibles d'intelligences amies qui se pénètrent, s'estiment, s'éclairent mutuellement. Claude n'admettait l'opinion de sa femme que lorsqu'il s'agissait de modes, d'armorial ou de musique parce qu'il n'était pas capable de discuter sur ces trois points. Il lui laissait la direction de l'enfant pour s'en décharger mais rien ne prouvait qu'il n'imposerait pas son programme et son veto paternels un peu plus tard.

Avec Jacques, tout changeait de face. Yvonne et lui se consultaient, bavardaient et s'entendaient à merveille sur un grand nombre de sujets.

Leur sympathie fut d'abord fraternelle.

Un peu désemparé, malgré tout, après ses revers, Jacques s'était trouvé sevré du cadre luxueux de ses jouissances matérielles et, s'il ne souffrait nullement de peine idéale, la nature l'obligeait à s'adresser désormais à des conquêtes d'apparence beaucoup plus modeste. Sa vanité se trouvait parfois visiblement froissée de certains détails.

De sorte qu'il se lassa des amours de hasard, fut continent, trouva chez Claude le refuge douillet, élégant, où le bien-être du home, la rancune, la curiosité et l'appétit inconscients de l'épouse délaissée cachaient le piège dans lequel, par étapes successives, les deux cousins qui se voyaient maintenant plus souvent, se laissèrent prendre.

Comme tant d'autres maris, Claude favorisa les vues narquoises du Destin par son aveuglement. On eût dit qu'il prenait à tâche d'épargner aux jeunes gens la crainte de mal faire.

Indifférent, morose, assez maniaque et tyrannique dans ses habitudes, il eût déjà lassé une femme très éprise. Yvonne se détacha de lui et, bien que peu subtile, analysa même inconsciemment, l'égoïsme

de cet homme ambitieux, dur aux autres, indulgent
pour lui seul.

Claude demeurait convaincu que l'épouse est un
être neutre, uniquement créé pour l'obéissance, pour
la satisfaction des yeux et de l'orgueil masculins ; un
être passif dont la nature physique et la nature morale sont subordonnées aux besoins et à l'objectif
personnels de l'époux.

Et comme tant de femmes dont l'éducation a été
faussée dès le jeune âge, Yvonne, n'ayant pas conscience de la valeur indépendante de sa personnalité,
ne comprenant pas l'ignominie du partage, —
puisque ce partage lésait si peu, en apparence, le
principal intéressé, — Yvonne agissait en esclave
sournoise qui trahit lâchement un maître détesté et
craint.

Comment la confiance en la fidélité de l'esclave ne
serait-elle pas un marché de dupe, puisqu'elle repose
entièrement sur des conceptions erronées ?

. . . .

Quand donc l'acte de mariage sera-t-il compris ?

Quand donc l'homme et la femme changeront-ils
en paradis terrestre cet enfer ou ce purgatoire con-
jugal ?

La redoutable énigme des sexes, jamais déchiffrée
et toujours actuelle, se cache, menaçante, sous le
vieux texte biblique et ne veut pas expliquer, sans
violence, la malédiction qui poursuivit, impitoyable,
le premier couple de la Légende.

Que ne s'efforce-t-on de la deviner, l'énigme fatale, afin que, purifiés de la faute, libérés de l'expiation incompréhensible, les couples futurs puissent rentrer dans l'Eden où le Bonheur, irradié de rayons, sourirait dans la vision persistante des joies pacifiques, dans la caresse ailée, dans le geste fleuri des apothéoses...

Quand donc, le jeune homme et la jeune fille sottement guidés jusqu'à ce jour par l'avarice, l'orgueil, l'ambition, par un caprice qu'ils croient éternel ou par la hâte d'en finir, ne s'efforceront-ils plus de se montrer, mutuellement, sous un faux jour pour se créer une situation malsaine aux dépens de leurs aspirations les plus sacrées et les plus légitimes ?

Quand donc le mariage, libéré de sa sottise, de sa routine, de ses petits côtés humiliants, commerciaux et bas, ne sera-t-il plus le chemin du honteux et exécrable adultère ?

Quand donc remplira-t-il la mission sainte d'union et de félicité qui est sa raison d'être et qu'il trahit sans cesse parce qu'il en ignore la beauté, la nécessité, l'harmonie !

. . . .

Deux ans après la naissance de sa fille, Yvonne était devenue la maîtresse de Jacques.

La première phase de cet amour, sincère de part et d'autre, fut plutôt sentimentale que violente. Les deux amants ne pouvaient se voir à leur aise, Jacques n'étant pas libre.

Mais, peu à peu, la nature ardente d'Yonne s'était éveillée.

Pour la félicité immédiate et le malheur futur de la jeune femme, Jacques hérita et put disposer de tous ses instants. Yvonne fut prise du vertige de la passion qui ne raisonne pas, ne calcule plus. Et elle commit l'imprudence de se rendre chez Jacques, l'après-midi, à visage découvert, en pleine saison mondaine.

Jusqu'alors ils s'étaient observés attentivement, ne se confiant jamais aux domestiques, se montrant, dans le monde, d'une camaraderie si correcte qu'ils étaient demeurés à l'abri du moindre soupçon.

Jacques avait tenu Yvonne au courant de la remarque de Claude. Ils furent très surpris, tous deux, que le graveur n'eût pas dit à sa femme qu'il avait cru la voir près de la maison de son cousin. Yvonne, se rappelant les questions de son mari, relatives à ses visites, fit observer que Claude n'avait pu l'apercevoir qu'au moment précis où elle sortait de chez son amant et se bouleversa.

Ils convinrent de ne plus se rencontrer boulevard Malesherbes. Un mois, ils furent privés de caresses et reconnurent qu'ils ne pourraient facilement triompher de leur chair et de leur coupable inclination.

Concernant Claude, la vie paraissait tellement normale, qu'Yvonne, à la fin, se rassura.

Jacques loua, sur la rive gauche, une garçonnière dont les fenêtres sur rue, recevaient les effluves du jardin du Luxembourg, à peine distant. Leur liaison se renoua.

L'obstacle qu'elle avait rencontré et franchi stimula les forces d'Yvonne ; sa fougueuse passion l'emporta vers les régions vertigineuses inconnues des époux maladifs.

Avant de s'informer de la situation pécuniaire du mari qu'ils destinaient à leur fille, il est certain que les parents d'Yvonne auraient dû lui chercher plutôt un partenaire égal à elle-même, dans les joyeux ébats qui déguisent, sous leur volupté, l'objet principal du mariage.

Ils ne pourraient maintenant lui venir en aide pour réparer leur erreur. Raoul de Versigny était mort six mois après le mariage de sa fille Yvonne et sa femme l'avait rejoint au cours de l'année suivante dans l'énigmatique au-delà.

Jacques était le seul parent connu d'Yvonne et le dernier représentant du nom de Versigny.

V

L'ENQUÊTE DU MARI

Pour se renseigner efficacement sur ses infortunes conjugales, il y avait un premier moyen qui répugnait à Claude : interroger les domestiques. Il l'éloigna de son esprit, lutta contre lui-même mais il y revint fatalement.

Jean, le valet de chambre, reçut donc un jour une feinte confidence de son maître. Claude aurait lu le matin même, en parcourant son courrier, une lettre anonyme accusant Madame d'une intrigue, mais ne donnant pas d'indications précises.

Jean répondit de l'honnêteté de Madame avec une telle chaleur que Claude ne jugea pas à propos d'aller plus loin.

La bonne anglaise ne dirait, ou ne saurait rien de plus, ne sortant qu'incidemment avec Yvonne.

Claude renouvela le même essai auprès du comte de Croissy-Laval. La comtesse avait, par hasard, accompagné celui-ci dans le but de visiter l'atelier du graveur et de joùir de ses dernières œuvres destinées au Salon.

Ceux-ci ne purent maîtriser leur indignation à l'égard du calomniateur supposé. Ils firent un éloge hyperbolique de la vertu d'Yvonne. Il n'y avait pas de doute, à leur avis, un soupirant évincé se vengeait lâchement.

Les méfiances de Claude s'atténuaient. Les deux cousins n'étaient peut-être pas coupables.

On pouvait présumer qu'ils entretenaient quelque commerce fait de fatuité masculine et de ruse féminine ou d'entente intéressée dans un but qui n'avait rien de passionnel.

Personne ne les soupçonnant, aucun ridicule ne l'atteignait encore. Il ne viendrait à l'esprit de qui que ce soit de le croire mari trompé, content et complaisant.

Mais l'orgueil, plus fort que toutes ces considérations, lui conseilla d'asseoir ces prévisions sur des bases certaines.

Il ne pouvait admettre qu'une femme, somme toute assez simple, pût dérober impunément la considération morale dont il était si avare et bénéficier malhonnêtement d'une communauté dans laquelle il apportait plus d'argent qu'elle. Ni qu'un Jacques de Versigny, snob insignifiant, osât le narguer sous des dehors bonasses et dévoués. Cela prouvé, il les confondrait.

Le graveur se rendait compte qu'il n'était pas aimé de ses serviteurs et qu'il ne tirerait pas grand'-chose d'eux en les excitant à surveiller Yvonne. Il

serait trahi avant sa femme qui, d'humeur plutôt douce et patiente, ne faisait à ses domestiques que des observations justifiées tandis que lui, Claude, les harcelait constamment de remarques désobligeantes et de reproches narquois.

Il fallait donc s'adresser ailleurs.

Qu'importe !

Il saura, il s'adressera, sans scrupule, à une de ces agences louches où l'on débite des renseignements sûrs à qui les paie sans marchander.

Malheur à eux s'ils sont coupables ! Il les fera guetter patiemment. A coup sûr, il les prendra dans un filet tendu avec soin ; il les tiendra pantelants et humiliés et il mettra dehors la femme perfide comme on renvoie dédaigneusement une servante infidèle.

La maison, — très sérieuse,.. en son genre ! — à laquelle il s'adressa, mit à sa disposition le plus intelligent de ses collaborateurs. Autant dire que c'était l'agent le plus retors, le plus habile, le moins scrupuleux qu'on pût rencontrer, un ex-policier du service de la sûreté mis à pied au cours d'un exploit... mémorable.

M. Charles, — on ne lui connaissait pas d'autre nom, — employa d'abord le moyen classique : la filature.

Il suivit Yvonne et découvrit facilement la garçonnière, nid imprudent des amours illégales.

Restait à faire la preuve convaincante. Un bon flagrant délit, certifié par le commissaire flanqué de l'époux, s'imposait, selon les intentions prêtées par M. Charles à son client.

Claude Thissandier ne l'entendait pas ainsi. Il voulait un flagrant délit sans témoins.

M. Charles se récria. Ce qu'il demandait était impossible... Avait-il donc résolu de pardonner après avoir constaté de visu l'acte... regrettable.

Claude dut s'abaisser à confier son plan à celui qu'il prenait comme auxiliaire dans ses projets de vengeance.

Il ne craignait certainement pas que, pris sur le fait, les amants essayassent de le brutaliser. La stupeur annihilerait toute résistance de leur part. Il leur imposerait alors ses conditions.

Il voulait divorcer, c'était entendu, mais il n'exposerait pas cette femme, qui portait encore son nom, à une formalité aussi répugnante que la constatation du flagrant délit par un commissaire de police.

— Enfin, que faut-il faire ? interrogea M. Charles.

— Me fournir les moyens d'entrer chez M. de Versigny pendant un des ses rendez-vous avec ma femme.

— Mais c'est tout simplement une violation de domicile dont vous me proposez de devenir le complice !...

— Je prends la responsabilité de cette violation, certain d'avance que M. de Versigny ne portera pas plainte. Quant au prix, — ceci ne regardant pas votre agence, — vous le fixerez vous-même.

Les dernières hésitations de l'auxiliaire ne balancèrent pas longtemps la convoitise d'une forte somme d'argent.

M. Charles promit d'élaborer un plan favorable à la réussite du complot marital, tout en se félicitant, à part lui, d'être resté garçon.

VI

RUSE DE POLICIER

L'immeuble paisible où, dans un petit appartement sis à l'entresol, Jacques et Yvonne se prouvaient depuis trois mois la constance de leur amour, avait pour concierge une veuve accorte à laquelle M. Charles s'empressa de louer une chambre de garçon, vacante au cinquième étage.

Il se donna comme représentant d'une industrie française à l'étranger, annonça qu'il habiterait Paris six mois environ par an, et, grâce à des habitudes régulières, à quelques générosités rehaussées de délicates attentions, il conquit en trois semaines l'estime de son cerbère femelle.

Alors il se permit de s'asseoir chez elle et de converser une heure le soir avant de monter dans sa chambre. Puis, comme elle faisait son ménage, il s'attarda chez lui le matin. Mais la brave femme était assez discrète et cela ne faisait pas l'affaire de M. Charles.

Il eut une idée géniale, s'avisa d'examiner le visage

et la tournure de la veuve. L'examen ne nuisit pas à
ses projets et lui promit même quelques heures agréa-
bles. Il fit donc la cour à sa concierge. Celle-ci ne
se rendit pas immédiatement à ses tendres sollicita-
tions car elle avait des principes mais, en dépit de
ses tendances vertueuses, son veuvage prolongé hâta
sa défaite. Et, dès lors, elle n'eut plus de secrets pour
son séducteur.

Il apprit ainsi que la veuve ignorait l'identité des
amants, — car ceux-ci avaient loué sous un faux
nom, — mais qu'elle soupçonnait la jeune femme
d'être mariée.

Il sut qu'ils se rencontraient à jour fixe deux fois
par semaine, que la garçonnière se composait de trois
pièces et d'une antichambre, que Jacques arrivait
toujours le premier au rendez-vous et sortait le dernier.

Et, détail important, il connut l'existence des deux
clefs du local. Jacques conservait une de ces clefs
sur lui, la concierge accrochait l'autre à un porte-
clefs réservé aux chambres et petits appartements
dont elle assurait la propreté et l'entretien moyennant de raisonnables rétributions. La clef de M.
Charles voisinait donc avec celle de la garçonnière
de Jacques de Versigny.

Claude Thissandier fut mis au courant de ces détails.

.   .   .   .

Au moment d'agir, M. Charles faillit se dérober.

Claude dut grossir le chiffre de la récompense pro-
mise...

... Ce jour-là Yvonne était sortie de chez elle
rayonnante. Depuis un mois Claude se montrait, de
son côté, de plus en plus sombre et préoccupé. Elle
se sentait un éloignement grandissant et insurmontable pour son mari. A la maison, sa tendresse pour
Jeanne redoublait, au dehors elle s'attachait davantage à son cousin. De brusques tristesses et de sou-
daines joies tissaient leurs avertissements occultes
d'un événement grave. Et, dans une fausse sécurité,
Yvonne partageait son cœur de femme entre l'amour
maternel et l'amour coupable.

Ce jour néfaste où, traîtreusement, son mari savourait déjà la cruauté du triomphe, Yvonne accou-
rut en hâte chez Jacques. Elle avait subi, pendant le
déjeuner, une sensation d'étouffement sous les regards persistants et froids de Claude. Elle voulait
s'étourdir dans les bras du bien-aimé, s'anéantir dans
ses caresses.

Jamais elle n'avait ressenti cette impression désa-
gréable émanant de son maître légal. Aussi jusqu'à
présent, ignorait-elle le remords de sa faute.

Cependant, un pressentiment sourd et inexplicable
l'avait déjà rendue nerveuse lorsque Jacques avait
loué cet appartement mais elle était trop bien équi-
librée pour attacher grande importance à un malaise
fugitif.

Bien qu'elle fût en avance, Jacques guettait déjà

la venue de sa maîtresse. L'hommage indiscret des passants à la belle créature, les regards qui la déshabillaient flattaient sa vanité, fouettaient ses sens. Et, par snobisme, il ne désirait guère que ce qui était rare, coûteux et surtout envié.

Il vint ouvrir lui-même. Yvonne éclaira l'appartement coquet de sa beauté blonde que sertissait une admirable toilette dont la riche simplicité convenait à ses lignes et à son teint.

A ce moment, M. Charles pénétrait, de son pas tranquille d'honnête représentant, dans la loge où sa conquête s'appliquait consciencieusement à remettre à neuf quelques vêtements de lingerie.

Il lui annonça qu'il ne sortirait pas de l'après-midi et par conséquent, qu'il se ferait un plaisir de lui tenir compagnie, ce qui réjouit fort l'amoureuse veuve.

Un quart d'heure ne s'était pas écoulé qu'un homme d'aspect maladif, ne paraissant pas à l'aise dans des vêtements un peu grossiers, se pencha vers le vasistas de la loge et frappa du bout des doigts.

C'était Claude Thissandier.

M. Charles feignit la surprise :

— Tiens, voici mon cousin, entrez donc.

— J'aurais besoin de vous parler, balbutia Claude.

— Bien, je sors ...je suis à vous ...nous allons monter, nous serons complètement seuls dans ma chambre ...Madame, excusez-moi, je reviendrai tout à l'heure.

Et le compère profita du désappointement de la concierge qui maudissait tout bas l'intrus, pour s'emparer de deux clefs : la sienne et celle de Jacques.

Sans dire mot, Claude reçut dans l'escalier l'objet qu'il convoitait depuis des jours qui lui avaient paru interminables. En échange, il remit à l'homme un portefeuille qui renfermait plusieurs billets de banque.

Claude attendit que M. Charles l'eût distancé de deux étages pour entrer chez son cousin avec les précautions d'un cambrioleur.

Grâce au plan de l'appartement que lui avait fourni le faux courtier — ce dernier ayant pris toutes les précautions préalables à l'insu de la concierge en lui offrant à plusieurs reprises de garder la loge tandis qu'elle se rendait chez des parents, — Claude se dirigea sans encombre vers la chambre à coucher et ne trébucha dans aucun meuble. Les amants ne pouvant prévoir un tel concours de circonstances laissaient toutes les portes ouvertes. La concierge seule aurait pu les déranger mais elle connaissait les jours et les heures où il lui était interdit d'entrer dans l'appartement. Ils ne recevaient ici ni correspondance, ni fournisseurs, ni colis.

La veuve préparait un en-cas une heure avant l'arrivée de Jacques et, le plus souvent, ils y touchaient à peine.

Jamais ils n'étaient venus passer la nuit dans ce quartier. Yvonne ne s'était jamais aperçue qu'on la remarquât ou qu'on la suivit, à part les galants de rencontre qui se lassaient vite en constatant qu'ils ne recevaient aucun encouragement de sa part.

Il n'y avait donc pas de motifs à chaîne de sûreté ou verrous.

Ayant rejeté les draps adornés de dentelles, s'étreignant bouche contre bouche, nus et beaux comme un couple de dieux païens, les amants n'étaient plus sur terre. Des sons inintelligibles, mots d'amour, plaintes de volupté, envolés de leurs lèvres, chantaient leur hymne à la Nature... Ils se croyaient seuls !

.   .   .   .

Des yeux avides, des yeux remplis de dégoût et de haine les contemplaient !

La catastrophe s'était produite. Traqués, affolés, statues de honte et d'effroi, Claude marchait sur eux en les fixant d'un regard féroce, glacé, inoubliable.

L'homme cherchait des yeux le représentant de la loi.

— Il n'y a personne autre que moi, dit Claude.

— Tue-moi, gémit la femme.

— Habillez-vous, répondit Claude d'une voix morne.

Il avait bien prévu ce qui arriverait. La pensée des amants, fixée sur le fait d'avoir été pris, ne cherchait pas à deviner par quel moyen Claude avait pu les prendre.

— Je suis à tes ordres put enfin articuler Jacques de Versigny.

— Ne perdons pas notre temps en propositions inutiles... Habillez-vous, insista le mari avec une intonation cinglante de mépris. Et venez me rejoindre dans la pièce voisine. Votre beau rêve est interrompu, je le regrette, il s'agit maintenant de rentrer dans la réalité...

Lorsqu'ils furent réunis, les deux hommes se toisèrent, Yvonne sanglotante ne prit point part à l'entretien.

— Je me doute que vous me trompez depuis que j'ai vu Mme Thissandier sortir de chez vous... Je viens d'en acquérir une preuve certaine. Je ne garderai pas cette femme sous mon toit. Vous pourrez l'épouser quand nous serons divorcés. Je ne vous demande pas de réparation... Je vous prie de cesser vos visites à la maison, mais il sera prudent que nous ne paraissions pas brouillés aux yeux du monde... Vous pouvez voyager une année ?... Quand vous reviendrez, Madame de Versigny sera libre.

Jacques s'inclina. L'humiliation qu'il venait de subir était trop forte pour qu'il tentât de justifier, c'est-à-dire d'atténuer l'étendue de sa trahison envers son cousin.

Il eut cependant pitié du désespoir d'Yvonne, essaya vainement de la consoler. Comme une bête blessée, sa maîtresse jetait autour d'elle des regards farouches, hagards. Et, se levant soudain, chancelante, ivre de douleur, elle s'enfuit comme si, de nouveau, on l'eût traquée.

Claude était déjà rentré dans son atelier et il s'était abattu sur une chaise longue où il demeura long-temps anéanti, les lèvres serrées, les yeux mauvais, sentant ses poings se crisper au souvenir...

VII

Lorsqu'il lui fallut franchir le seuil de sa maison, après avoir erré plus d'une heure à l'aventure, Yvonne envisagea toute l'horreur de la situation. Elle était si pâle que la bonne de l'enfant crut à une indisposition grave et offrit spontanément d'aller chercher le docteur.

— Un peu de repos me remettra, répondit la jeune femme, merci... et elle courut s'enfermer dans sa chambre.

Là, elle se reprit à sangloter, s'accusant, se maudissant ; elle ne pensait plus qu'à sa fille, elle se sentait prête à haïr l'amant, elle n'avait plus qu'un désir « obtenir le pardon de son mari, expier sa faute par toute une vie de dévouement. »

Elle ne pouvait pas exposer Jeanne à rougir d'elle plus tard..., car tout se sait... elle entrevit les conséquences douloureuses que pouvait avoir pour la petite fille une brusque séparation des parents.

Le lendemain, après une nuit d'insomnie, elle vou-

lut entrer chez Claude; elle fit demander par le valet
de chambre si Monsieur pouvait la recevoir.

— Dites à Madame que je vais la rejoindre.

Claude s'habilla, sortit, elle ne le revit qu'à déjeuner.

L'après-midi, elle le suivit à l'atelier.

— Je veux vous parler.

— Inutile, Madame, nous n'avons plus rien à nous
dire.

— Je vous en supplie, écoutez-moi.

— Comme il vous plaira.

Il s'assit impassible. Deux heures durant, à voix
basse afin que l'on n'entendit pas, Yvonne tenta de
l'émouvoir, s'humilia, fit des promesses, parla de
l'enfant, des devoirs des parents.

— Qui donc a commencé à les oublier ces devoirs?

Rien ne put entamer la résolution de Claude. Il
avait réfléchi, de plus, que sa propre situation étant
faite, il importait peu que sa femme disparût ou non
de son existence.

Il s'était interrogé froidement, il n'aimait pas
Yvonne, il ne l'avait peut être jamais aimée, il n'était
plus fier d'elle, elle l'avait bafoué, il lui en conserve-
rait toujours rancune; ses sentiments paternels
étaient nuls.

Il avait donc condamné la mère et l'enfant; rien
n'entamerait ses résolutions.

. . . .

Jacques était parti pour l'Italie.

Depuis longtemps, il manifestait le désir de visiter cette contrée. Son départ ne surprit personne.

Dans l'intérêt de Jeanne, Yvonne tenta de lutter contre Claude. Après tout, il n'y avait pas eu de flagrant délit judiciaire.

Mais Claude la menaça d'une demande en divorce motivée. Ne lui suffirait-il pas de citer, comme témoins, la concierge et un locataire de l'immeuble où se tenaient les rendez-vous ? Avec une enquête habilement menée, les preuves abonderaient vite. Et le scandale serait irrémédiable. Puis, il la séparerait de sa fille dont il exigerait naturellement qu'on lui confiât la garde si elle ne cédait pas.

De guerre lasse, Yvonne céda.

Les époux joueraient la comédie des injures et sévices graves, et chacun tenterait de refaire sa vie. Yvonne garderait sa fille. Elle se promit bien de se consacrer entièrement à sa chère petite Jeanne.

VIII

LES TÉMOINS JUDICIAIRES.

Claude n'avait pas d'amis intimes. Il sentit toute l'incorrection de mêler une de ses relations mondaines à cette comédie malsaine. Il fut donc convenu que les domestiques avertis et un fournisseur non prévenu, serviraient de témoins.

La cuisinière, le valet de chambre, Claude et Yvonne s'arrangèrent donc à se trouver ensemble dans la cuisine au moment où le garçon boucher livrait la viande du déjeuner.

Celui-ci fut tout interloqué de voir tant de monde. Yvonne feignait de regarder un livre de dépenses, le valet de chambre de s'occuper de nettoyage, Claude semblait chercher, en grommelant, quelque objet qu'il ne trouvait point.

La cuisinière s'approcha, Yvonne leva la tête comme il avait été convenu; la cuisinière tendit le morceau de viande à sa maîtresse. Celle-ci dit d'une voix blanche, comme une leçon apprise :

— Mais cette viande est parfaite.

Claude arriva brusquement :

— Elle n'est pas fraîche.

— Oh ! Monsieur, riposta le garçon boucher.

— Vous, mêlez-vous de ce qui vous regarde. Je ne veux plus être trompé tous les jours de cette façon. Qu'on renvoie ce fournisseur.

— Non mon ami, cette viande est très bonne et je la garde.

— Je vous prie de la lui rendre et de lui donner son compte.

— Je ne le ferai pas.

— Je vous demande pardon. Vous allez le faire immédiatement.

— Certainement non.

Un soufflet retentit. Claude feignit de porter ensuite des coups de poing à Yvonne. Les domestiques s'interposèrent mollement. Seul, le garçon boucher, qui croyait à la sincérité des actes, faillit se jeter sur le graveur.

La scène fut ridicule et vaudevillesque à souhait.

La procédure suivit son cours. Yvonne fit une demande en divorce. Les témoins furent entendus. Claude ne se présenta pas.

Yvonne obtint un jugement par défaut, contre son mari. Ce jugement fut signifié. Claude n'y fit pas d'opposition.

Six mois après la signification, le divorce fut acquis.

La garde de l'enfant fut confiée à la mère. Le père la verrait une fois par mois. Claude s'engagea à servir à la mère et à l'enfant une pension modique.

Dans le monde, ce fut une stupeur. On plaignit Yvonne, on fit grise mine à Claude, ses rivaux se réjouirent.

Plus d'un graveur de second ordre avait été disgracié par le succès sur une critique de Claude qui ne négligeait pas l'occasion de faire remarquer aux amateurs les défauts de ses confrères.

Thissandier était inapte à comprendre l'esprit de solidarité. Il n'était jamais venu en aide d'aucune sorte à un camarade dans l'ennui. Il était âpre aux commandes qu'il eût voulu draîner toutes dans son atelier. Son extrême habileté et son talent très réel lui eussent déjà créé un nombre suffisant d'envieux.

Plusieurs escomptèrent l'espoir d'une cabale et mirent tout en œuvre pour lui faire du tort.

Devant cette condamnation de l'opinion à laquelle il n'avait pas assez réfléchi, Claude fut lâche :

— Battre ma femme, allons donc ! pouvez-vous croire cette rumeur. Il nous fallait un prétexte.

Les domestiques dirent ce qu'ils avaient vu.

Un mystère pour Potinville. Tout le monde sut bientôt qu'il avait dû se passer quelque chose de grave, mais nul ne savait quoi, personne ne pouvait fournir d'indices.

Cependant quelques salons de vieille roche se fermèrent immédiatement aux époux divorcés. Les

Croissy-Laval furent du nombre. Et lorsque Etienne demanda à voir sa petite amie, on lui dit qu'elle était partie bien loin et qu'elle ne reviendrait jamais. Etienne pleura.

Yvonne fit le même mensonge à Jeanne lorsqu'elle réclama son petit camarade. Et, de même, la fillette versa des pleurs. Les deux enfants pensèrent encore fréquemment l'un à l'autre, Etienne voulant, à toute force, savoir où était Jeanne, Jeanne insistant pour qu'on lui affirmât que c'était bien vrai qu'elle ne reverrait jamais Etienne.

IX

LE DIVORCE

Jusqu'au moment où le divorce fut définitivement prononcé, Yvonne avait espéré, avec cette foi au miracle qui soutient les femmes les moins idéalistes, que Claude reviendrait sur sa décision.

Il avait fallu toute la volonté du graveur, toute la dureté de ses menaces pour qu'elle acceptât ce martyre. Elle n'avait pas écrit une seule fois à Jacques, elle recevait de temps à autre un billet laconique dans lequel M. de Versigny lui donnait des nouvelles de sa santé, mais on aurait pu croire leur amour défunt, leur passion morte.

Lorsqu'elle se vit seule avec sa fille dans un appartement de six cents francs, elle souffrit atrocement de son isolement. Elle écrivit à Jacques pour le tenir au courant des événements. Cependant, elle ne lui demanda pas de hâter son retour.

Mais la réalité impitoyable lui démontra bientôt qu'avec ses habitudes de luxe, son manque d'expérience de la vie, elle ne pourrait arriver à faire face à ses dépenses, à équilibrer son modeste budget.

De son côté, Jacques s'ennuyait en Italie. Il n'en comprenait ni les souvenirs grandioses, ni la poésie et l'évocation des heures d'amour passées auprès de sa blonde maîtresse ne lui faisait trouver aucun charme au contact des brunes filles étrangères.

. . . .

Yvonne et Jacques se retrouvèrent donc aussi épris l'un de l'autre qu'aux premiers temps de leur liaison.

Yvonne avait confiance en l'amour de Jacques. Elle espérait qu'il lui donnerait son nom, qu'il lui rendrait sa place dans le monde. Car elle souffrait de l'isolement qui se fait autour de la malheureuse déclassée, déchue de son rang et amoindrie au point de vue matériel.

Elle attendait que Jacques parlât le premier. M. de Versigny ne la séparait point de ses projets d'avenir. C'était donc la preuve la plus convaincante qu'il n'avait pas l'idée de l'abandonner.

Des arguments décisifs la fortifiaient dans cette conviction. C'était Jacques qui, par sa maladresse, avait éveillé les premiers soupçons de son mari. Il eût répondu très tranquillement à Claude que c'était bien, en effet, Yvonne qui sortait de chez lui, il eût accompagné son cousin jusqu'à la maison pour la prévenir, s'écriant gaiement à l'arrivée : « Je vous ramène Claude qui m'a fait, après vous, l'amitié de venir me surprendre à domicile et qui vous a même entrevue, tant vous vous suiviez de près » que tout cela ne se fût pas enchaîné.

Le soir, ils auraient dîné tous trois au milieu de ces beaux meubles familiers dont elle regrettait l'élégante sobriété de lignes et surtout, la coûteuse rareté, tant de fois mise en valeur devant elle soit par Claude, soit par des amateurs...

Mais ne valait-il pas mieux ainsi ? Libre, elle allait épouser le mari auquel elle eût souhaiter se donner vierge si la jeune fille pouvait comprendre ce que c'est que de se donner. Elle pourrait légitimement appartenir à l'élu de son âme et de sa chair.

Et si rares que se manifestassent, au cours de ces dernières années, les tendresses intéressées de Claude, elle ne les subirait plus jamais...

Jacques l'avait perdue par son imprudence. Elle ne lui avait même pas reproché ce fait. Il n'avait pas pu la soutenir de ses conseils et de ses encouragements à la suite de cet horrible cauchemar. Elle ne se révoltait pas à la pensée qu'il avait obéi, sans murmurer, aux ordres de Claude. N'eût-elle pas, elle-même, sacrifié M. de Versigny à son devoir de mère si Claude avait voulu cette expiation ?

Mais puisque son repentir avait été bafoué, puisque son amour maternel avait été méprisé et exploité, Jacques allait effacer, par son dévouement, le souvenir de ces heures pénibles.

Il serait pour elle, non seulement l'époux chéri,

choyé, mais il demeurerait l'amant passionné dont les baisers avaient éveillé ses sens engourdis.

Enfin, sa chère Jeanne connaîtrait l'affection paternelle dans un nouveau foyer de joie et d'amour. Le foyer de la désunion était à jamais détruit ; Claude avait saccagé les images finement sculptées des illusions, les icônes grâce auxquelles ce foyer eût pu résister aux descellements sournois de l'amour coupable.

Puis, lorsqu'il était possible encore de le reconstruire, lorsqu'elle apportait, afin de le gâcher dans le ciment neuf, son propre cœur humilié, repentant et soumis, le mari l'avait lapidée froidement avec les pierres les plus tranchantes des gravois épars. Il n'était pas coupable du même acte, il n'entendait pas le langage divin du pardon. C'est ainsi qu'il avait pu martyriser, sans égards et sans remords, la femme adultère !

Maintenant que l'irrémédiable était accompli, bénie soit encore la vie qui s'ouvrait splendidement devant elle !

Oui, le divorce était bon, le divorce était louable, puisqu'il l'avait arrachée des mains d'un maître impitoyable pour la rendre au véritable maître de son âme et de son corps.

Voilà ce qu'elle exprima, un soir, à haute voix, dans le petit salon étroit où elle versait le thé à M. de Versigny, Jeanne étant bien endormie dans la chambre à coucher voisine dont la porte était poussée tout contre le chambranle.

Jacques sourit, un peu gêné, mais ne répondit pas.

Une crainte effleura la jeune femme, son cœur battit plus fort. Elle sentit qu'il fallait insister pour obtenir une réponse catégorique.

Jacques lui ferma la bouche d'un baiser.

Il était visible qu'il voulait se dérober à l'explication.

Yvonne avait peu de volonté mais elle était anxieuse de connaître sa nouvelle destinée. Elle parut se résigner, changea la conversation mais bientôt, par un détour assez habile, elle sut ramener l'entretien à son point de départ.

— Je sais bien, dit-elle à Jacques, qu'une solution immédiate ne s'impose pas. Je veux bien, pour satisfaire les susceptibilités du monde, porter mon divorce aussi longtemps qu'on porte un grand deuil. Mais après ?

— Pourquoi s'inquiéter de l'avenir ? Nous appartient-il ? répliqua Jacques.

— Voilà des paroles trop banales entre nous, mon cher Jacques. Je dois, pour ma fille, me préoccuper de mon avenir. J'ai causé, involontairement, à ma pauvre Jeanne, un grand préjudice. Je suis coupable vis-à-vis d'elle, vous l'êtes aussi car je n'étais pas seule à commettre la faute et je ne dois pas davantage en assumer seule la réparation. Enfin, c'est le bonheur qui se présente à nous ; pourquoi le refuser ?

— Notre mariage ne pourra rien réparer, affirma M. de Versigny.

— Que me dites-vous là ?

— Je dis qu'une femme divorcée qui se remarie n'est pas reçue dans notre monde, vous le savez bien.

— Mais c'est à mes propres yeux que je tiens à être réhabilitée !

— Qui vous accuse ?

— Enfin, mon Jacques, je t'aime,... je désire être ta femme.

— Ma chère Yvonne, je vous aime également de toute mon âme mais... je vous assure...

— Jacques !...

— Je t'aime, ma chérie... mais je t'en prie, ne me demande pas l'impossible... sois raisonnable... ne pleure pas, chère bien aimée... il m'en coûte de te refuser cette preuve de mon affection sincère... mais je serai franc... tu connais mes opinions, je n'en changerai jamais. J'ai pris irrévocablement la décision de ne pas me marier.

— Est-ce qu'une décision qui ne dépend que de soi-même, peut balancer un instant la réparation d'honneur qui est due à autrui ? Je ne suis pas faite pour la médiocrité, je ne suis pas faite pour la prostitution. Il faut donc que tu m'épouses pour me rendre ce que ton amour m'a pris : le bien-être, la considération du monde, mon estime personnelle...

— C'est maintenant seulement que je t'estime et que tu dois t'estimer parce que maintenant tu appartiens à celui que tu aimes et qui t'aime. Voilà comment je comprends le mariage, voilà comment je comprends l'amour, car je suis partisan, tu le sais bien, de l'union libre, qui n'enchaîne pas la vie, qui laisse à chacun son individualité.

— Jacques, vous répétez par esprit d'imitation, par snobisme intellectuel, ce que vous entendez dire aux autres. Vous me trompez, vous vous dérobez. Votre union libre ne me donne à moi, pauvre femme amoindrie, nulle sécurité, nul droit à me considérer vôtre.

— Je ne répète pas inconsidérément ce que j'entends dire aux autres et je serai très heureux si je puis, un jour, afficher publiquement mes théories qui sont celles de l'avenir. Nous nous aimerons librement à la face de notre monde qui, je vous le répète, ne vous considérera maintenant ni plus, ni moins que vous soyez remariée ou non. Mon affection sera aussi sûre que celle d'un mari, et aussi fidèle... je vous en réponds.

— Elle ne me rendra pas les avantages de ma première situation. Et les enfants qui peuvent naître de cette union libre, qu'en faites-vous ?

— Je ne crois pas, répliqua Jacques, avec un sourire entendu, que nous aurons des enfants,... ni même un enfant. L'union libre réduira certainement les nombreuses familles... Laissons cela... Je vous promets d'aimer et de diriger votre fille comme si elle était la mienne. Enfin je ne vous refuserai jamais le luxe qui est nécessaire à vos goûts mondains et à votre éducation.

— Je ne serai que votre maîtresse, ce n'est pas ce que j'étais en droit d'attendre de vous.

— Tu seras ma femme, chère aimée, tu ne porteras pas mon nom, mais qu'importe, tu seras ma femme et tu conserveras ta liberté.

— Je vous répète que je ne me croirai jamais que votre maîtresse... que je me considère déjà comme une femme entretenue... une femme perdue, une misérable mère qui a fait le malheur de son enfant.

Et devant cet homme veule qui avait pris le prétexte de mots vides de sens pour échapper au devoir qui s'imposait à lui, Yvonne pleurait interminablement. Elle incarnait, — symbole des âges que l'Équité rêve d'anéantir — la Femme faible et dolente, victime expiatoire des faiblesses humaines, condamnée à porter seule le joug des hontes dont le mâle fait ses joies, la Femme, coupe d'ivresse rejetée avec dédain l'ivresse dissipée, celle dont on exige toutes les perfections et contre laquelle tous se liguent : parents, mari, amis, relations mondaines, pour qu'elle succombe aux tentations, louves affamées de réputations à déchirer qui rôdent et qui ne rentrent jamais au gîte sans une proie nouvelle.

Elle personnifiait, hélas ! une fois encore, celle qui doit accomplir les nobles destinées de sœur, épouse, mère ; de celle qui doit être Inspiratrice ou Collaboratrice des tâches les plus élevées et à laquelle on n'enseigne que le jeu savamment compliqué et inutile des gestes peureux, coquets, pervers et puérils.

Bien que tristement déçue, Yvonne accepta. Elle n'avait pas l'énergie morale de vivre médiocrement.

Les amants se montrèrent fréquemment ensemble. D'abord le monde s'étonna peu. On pensa que le jeune homme voulait se constituer défenseur de l'opprimée. On espéra qu'il allait l'épouser. Puis on jasa.

Et lentement, sans qu'on sût au juste de quelle manière, la vérité se fit jour.

Les derniers amis se retirèrent discrètement.

X

UNION LIBRE

Jeanne grandissait. Surprise par la nouvelle existence qu'elle menait avec sa mère, l'enfant avait cependant compris, en la voyant pleurer, qu'il se passait autour d'elle des événements graves.

Lorsqu'elle avait quitté le grand appartement où vivaient ses parents pour les modestes lieux où M. Thissandier ne venait jamais voir sa mère, la petite fille n'avait pas versé de larmes.

Elle n'avait pas posé de questions lorsque sa mère lui avait dit :

— Tu vas aller avec Mary voir papa.

Et chaque visite brève s'écoulait sans qu'il y eût d'expansion entre Claude et sa fille.

Jeanne comprenait-elle que son père ne l'aimait pas ? Un travail lent se faisait certainement dans sa petite tête. Et sa mère la surprenait parfois songeuse. Alors Yvonne baissait la tête et n'osait pas demander à l'enfant le motif de ses réflexions. Que lui répondre ?

Pour occuper le plus possible l'esprit de la petite

fille, et bien qu'elle n'eût pas un vif désir de prendre des distractions, Yvonne sortait beaucoup et emmenait l'enfant se délasser au jardin, applaudir les jeux du cirque, les mésaventures du commissaire au guignol populaire. Les clowns, les équilibristes, la voiture aux chèvres, les gaufres poudrées, le cerceau, les pâtés de sable et les ballons rouges offraient des prétextes de conversation qui n'avaient rien de gênant pour Yvonne.

Que n'avait-elle apprécié exclusivement quelques années plus tôt le charme de ce léger babil, au lieu de confier la petite fille à sa bonne pour se rendre libre?

Cependant Jeanne faisait fête à Jacques, l'amant d'Yvonne ayant toujours été affectueux pour la mignonne et la comblant de jouets et de friandises.

Yvonne s'habituait donc à son isolement avec sa fille. La pension que lui servait son mari était insuffisante, mais les subsides de Jacques lui donnaient largement de quoi vivre à sa guise.

Elle eut dû se résigner ainsi en conservant pleinement son indépendance. Sa fatale passion devait tout gâter. Elle devint jalouse.

Un jour, elle se trouva, par hasard, en face de Jacques attablé à la terrasse d'un café entre deux maîtresses de ses amis que ceux-ci, cependant accompagnaient.

Ces femmes jeunes et passablement jolies, portaient des toilettes extravagantes et se tenaient mal.

Jacques jura ses grands dieux qu'il se souciait fort

peu de ces donzelles, ce qui était vrai. Yvonne lui reprocha de ne point vouloir l'épouser afin de conserver sa liberté pour en user lorsqu'il reprendrait goût aux courtisanes. Une scène s'ensuivit. Puis ils se réconcilièrent et ce soir-là, Jacques ne rentra pas chez lui.

L'habitude était prise. Cette idéale union libre allait devenir tout bonnement un vulgaire collage.

Jacques avait donné **congé** de sa garçonnière. Il fit résilier le bail du boulevard Malesherbes. Pourquoi ne loueraient-ils pas deux appartements sur le même palier !

Après de nombreuses journées de visites infructueuses, ils trouvèrent ce qui leur convenait, c'est-à-dire un appartement commun pour lequel on fit deux locations sous un prétexte quelconque, les deux amants portant le nom de Versigny. L'entente avec les concierges se fit moyennant un fort denier à Dieu. Yvonne se croyait à l'abri par cette formalité illégale !

. . . .

Le monde, hypocrite et méchant, qui protège les femmes adultères, n'aime pas les situations mal définies. Bien qu'ayant demandé, à cor et à cri, l'établissement du divorce, bien que réclamant chaque jour son élargissement, il méprise les femmes divorcées et leurs enfants tant que ces femmes n'ont pas trouvé un second mari pour les protéger contre les lâches et les sots.

L'ancienne amitié des Croissy-Laval, sincères en leurs convictions, mais d'un esprit farouchement emmuré dans le passé, devait être fatale à Yvonne, et combien plus à sa fille !

L'intérêt bibliophilique avait rapproché Claude Thissandier et le comte Louis. Ce fut donc ce dernier qui, stimulé par le zèle de sa femme et croyant agir pour le bien de la petite Jeanne, attacha le grelot.

Claude Thissandier devait réclamer la garde de sa fille en alléguant l'inconduite de la mère.

Yvonne ne se doutait de rien, l'enquête menée par ces gens de bien, fut tenue secrète. De tous côtés, aux concierges, aux domestiques, aux fournisseurs, on demanda la discrétion.

Claude allait se venger enfin.

Son divorce lui ayant créé plus d'ennuis qu'il ne supposait, il s'en prenait naturellement à sa femme. Son indifférence avait toutes les chances de se muer en haine.

Quand Yvonne eut connaissance de la trame qui se tissait, celle-ci avait des mailles trop fortes pour la rompre. Jacques ne pouvait rien pour protéger sa maîtresse contre les fureurs du destin qu'il avait déchaînées, si ce n'est de consentir à devenir le mari, ce qu'il désirait de moins en moins. Les nombreuses récriminations qui s'élevaient à ce propos commençaient à l'impatienter, sa passion diminuait progressivement.

Claude obtint donc un jugement contre Yvonne

pour inconduite. Il prouva que les deux locations de Versigny étaient fictives et que dans la maison où ils habitaient, les amants portant le même nom, étaient considérés par les locataires comme mariés et père et mère de la petite Jeanne, ce qui était un défi de la part d'Yvonne. Il se fit rendre la garde de sa fille. Il triomphait. Yvonne ne devait voir son enfant que tous les trois mois et partager les vacances scolaires avec le père.

Quelle douleur pour la malheureuse mère !

Quel chagrin pour l'enfant sensitive. Le long calvaire de la malheureuse fille de divorcés commençait.

Yvonne passait de l'accablement le plus profond à la révolte la plus insensée. Elle voulait fuir au bout du monde avec l'être de sa chair et de son sang qu'un père cruel lui arrachait. Jacques de Versigny comprit alors toute l'étendue de sa culpabilité mais, lâche devant sa conduite, il ne voulut rien réparer, supplia Yvonne de céder, la berça de fausses espérances et se promit de rompre, à la première occasion, une liaison qui ne lui causait que des soucis et des remords.

Il ne voulut pas s'avouer à lui-même qu'il avait honte de sa responsabilité vis-à-vis de l'avenir de Jeanne, qu'il avait rougi de son égoïsme en voyant sa maîtresse en larmes presser convulsivement sa fille sur son sein.

Il avait hâte de fuir son devoir aussi bien que les re-

proches muets de sa conscience, de fuir aussi le sentiment d'affection paternelle qui avait grandi, malgré lui,
dans son cœur insouciant, pour la fille de Claude.
Cette liaison devenait un cauchemar dont il s'éveille-
rait bientôt.

. . . .

Ne pouvant mettre Jeanne au couvent, Claude,
sur les conseils de Madame de Croissy-Laval, la
plaça dans un établissement bien pensant où elle devint élève interne Il la visitait tous les quinze jours
et ne la faisait jamais sortir. L'enfant lui réclamait
sa mère aussitôt qu'elle le voyait entrer au parloir
et Claude, alors, ressentait presque de l'aversion
pour sa fille.

De son côté, Yvonne, déchue dans sa dignité de
mère, souffrant horriblement, tentait l'impossible
pour apercevoir l'enfant pendant ses promenades. Il
se produisit plusieurs scènes pénibles, il fallut, une
fois entre autres, faire intervenir la justice, Yvonne
étant bien décidée à ne pas rendre Jeanne qu'elle
avait enlevée.

Force resta naturellement, à la loi, mais à la suite
de ce regrettable incident, Claude fit garder plus
étroitement Jeanne.

On devine par quelle déroute, quelles angoisses,
quelles surprises, passait ce jeune cerveau d'enfant
dont l'éveil moral n'avait aucune notion du juste ou
de l'injuste, du bien ou du mal.

Enfin, dans le désarroi de sa peine, Yvonne de Ver-

signy fit la connaissance d'une femme peu scrupuleuse
à laquelle elle confia ses tourments. Cette amie, qui
incarnait et pratiquait tous les vices, était morphino-
mane. Elle vanta l'oubli que procurait la redoutable
piqûre, Yvonne la crut et se livra sans lutte, tant
elle souffrait, aux décevants mirages que lui promettait l'usage quotidien du poison.

XI

LE CALVAIRE DE JEANNE THISSANDIER

Une évolution se faisait dans le cerveau de Claude.
Son orgueil ne pouvant admettre les torts graves, et
purement physiques, qu'il avait eus envers sa femme,
il chercha, pour résumer les faits accomplis, une
explication d'un ordre plus élevé. Il la trouva dans
ce fait que Jacques et Yvonne, cervelles médiocres,
s'étaient compris. Son tort était donc d'avoir épousé
une femme d'intelligence inférieure à la sienne. Ses
principes avaient porté à faux.

Dans un salon cosmopolite, un peu mêlé, où
s'échangeaient les idées les plus hardies, Claude fit,
sur ces entrefaites, la connaissance d'une Polonaise,
d'âge incertain, mais encore accorte, au type original
et inquiétant, Maria Vlinska. Cette étrangère se di-
sant philanthrope et affichant pour se faire remarquer, le goût des revendications révolutionnaires,
membre, par antithèse, d'associations et de clubs
mondains, vivant des œuvres qu'elle paraissait soutenir et d'expédients adroits, n'était en réalité qu'une
de ces habiles et trop nombreuses aventurières, frot-

tées de lettres et de philosophie, qui se ruent dans notre société, facile et accueillante, en quête d'un riche mariage ou d'une situation.

Après quelques rapports dans le monde, Maria Vlinska s'aperçut du parti qu'elle pouvait tirer de Claude avec un peu de tact et d'adresse. Elle le plaignit, lui démontra habilement qu'une femme comme elle eût beaucoup mieux fait son affaire dans le mariage.

Elle tendit patiemment ses fils. Au bout d'un an, il l'épousa.

Doucereusement, elle lui promit de remplacer auprès de Jeanne, sa mère déshonorée.

Pauvre enfant !

Il avait fallu toute la protection de Berthe de Croissy-Laval pour que l'on acceptât, dans une pension, impeccablement tenue, une fille d'époux divorcés.

Et il fallait voir les hochements de tête, les exclamations, les airs entendus de malencontreuse pitié des sous-maîtresses lorsqu'elles parlaient de Jeanne entre elles ; et aussi leurs bouches pincées, leurs regards de blâme, lorsque l'enfant, aux heures de joie et d'amertume pendant lesquelles on tolérait la présence de sa mère, embrassait les mains d'Yvonne en criant de bonheur.

— C'était, disait l'une d'elles, de l'exubérance maladive et inconvenante.

On ne comprenait pas ces crises de tendresse de

l'enfant sevrée brusquement des baisers et des soins maternels.

Les premières vacances passèrent comme un rêve. Quand vinrent les secondes, Claude était remarié et Jeanne se sentit un malaise auprès de sa mère sans qu'elle comprit pourquoi. Yvonne devenait l'esclave du poison lent et pernicieux.

Jeanne avait alors dix ans.

. . . .

Les fautes des parents ne nuiront jamais autant à eux-mêmes qu'aux jeunes êtres qui leur doivent le jour.

Victime expiatoire de l'adultère et du divorce, Jeanne devinait confusément qu'elle n'était pas semblable aux autres. Elle ne pouvait comprendre encore que la société la rendît injustement responsable d'une tare dont elle était innocente, mais elle raidissait ses jeunes nerfs contre l'hostilité sourde de ses compagnes qui l'isolaient ou la faisaient souffrir par leurs impertinentes taquineries.

Puis la directrice se repentit de l'avoir acceptée lorsque des parents vinrent se plaindre de la compagne que l'on donnait à leurs filles. Comment se débarrasser de cette enfant qui compromettait le bon renom de l'établissement ?

Jeanne, dont le caractère s'annonçait fier et combatif, devenait entêtée, farouche. Tenue en suspicion, non seulement elle acceptait de demeurer seule, mais elle se retirait d'elle-même à l'écart. Les autres la traitèrent de sournoise. Elle ne répondait rien et

ne se mêlait pas davantage à leurs conversations et
à leurs jeux.

Elle ne se plaisait plus que dans les classes dé-
sertes, à l'heure des récréations. Aussi se faisait-elle
volontiers punir pour y demeurer, songeant tristement à sa mère tandis que retentissait au dehors, la
voix joyeuse des enfants aimées et choyées.

On se servit de cette circonstance pour se séparer
de Jeanne. Une sous-maîtresse, devinant les soucis
de la directrice, et voulant lui faire sa cour, l'accusa
de précocité d'instincts pervers.

Jeanne se dérobait à la persécution de ses jeunes
compagnes. Donc elle était vicieuse !

Claude Thissandier fut atterré quand on le pria de
venir reprendre sa fille et qu'il connût le motif de ce
renvoi. Son orgueil souffrit encore. L'amour paternel
lui faisant complètement défaut ne pouvait atténuer
cette nouvelle blessure et plaider en faveur de l'infor-
tunée fillette.

Au retour, il leva la main sur elle. Maria s'inter-
posa. Mais avec ses manières doucereuses, elle enve-
nima la plaie, parlant d'atavisme, d'influence mater-
nelle et finalement, de faiblesse mentale et de
relèvement. Elle voulut s'occuper de Jeanne. Elle
s'efforcerait de régénérer la chère enfant !

Morigénée, épiée constamment sans savoir pourquoi,
ayant ressenti pour sa belle-mère, dès la première
entrevue, une antipathie insurmontable, s'apercevant
soudain que celle-ci voulait, non seulement la traiter

en vicieuse, mais en sotte, Jeanne se révoltait contre l'intruse qui prétendait remplacer sa mère et lui interdisait de prononcer le nom chéri.

Jeanne savait, par les allusions faites devant elle, que sa mère avait commis une faute, mais elle n'aurait su dire au juste laquelle et, cependant, elle réfléchissait que son cousin Jacques ne devait pas être étranger à cette situation anormale. Seulement, l'amour filial était plus fort que tout au monde.

Qui donc l'aimait sincèrement, hormis la chère exilée de ce foyer triste et sévère ?

Une lutte sourde s'engagea donc entre Jeanne Thissandier et sa marâtre ; Jeanne était armée par l'orgueil qu'elle tenait de son père, par les mêmes dons d'intelligence, par un instinct raffiné du beau et de l'élégance, mais elle était vaincue d'avance parce qu'elle était aimante comme sa mère et que l'affection vibrante et chaude d'un cœur passionné était inconnue aux deux esprits secs, égoïstes et ambitieux qui prétendaient faire son éducation.

Claude et Maria ne comprendraient jamais la valeur et la beauté de cette jeune âme dont une mère heureuse et tendre eût surveillé avec fierté, avec joie, l'exquis épanouissement.

Maria lança le premier trait empoisonné. Elle répandit perfidement dans le monde, la calomnie qui avait pris naissance à la pension. Elle confia sous le sceau du secret, la tâche aride à laquelle elle s'était vouée pour le bien de la petite fille, soi-disant dégénérée. Elle se fit admirer, plaindre, louanger.

Et bientôt une atmosphère de défiance, de dégoût, de mépris enveloppa cette pauvre enfant candide et si intelligente qu'elle vit enfin clair en grandissant et souffrit plus encore des mille piqûres d'épingle que lui faisaient inconsciemment les gens parfois les mieux intentionnés.

Tout devait concourir à entraver l'éducation morale de la pauvre petite. Lorsque revint, pour la troisième fois, l'époque à laquelle Jeanne devait être remise à sa mère, il y eut délibération, discussion :

— Enfin, il n'y a pas moyen de faire autrement, conclut le père.

Et Jeanne fut envoyée à Yvonne par une domestique.

Au cours des précédentes visites trimestrielles, Jeanne avait remarqué, avec chagrin, que sa mère se détachait d'elle, que ses manières étaient changées, que la maison elle-même n'avait plus le même aspect. Depuis la cruelle séparation de Jeanne et d'Yvonne, cette dernière ne recevait plus jamais sa fille que seule et il n'était pas question du cousin Jacques.

Les vacances de l'enfant se passaient à la mer, sur une plage peu fréquentée.

Cette fois, l'indifférence d'Yvonne s'accusa.

Et Jeanne, le lendemain, vit arriver un vieillard maussade, qui la regarda dédaigneusement. Le soir, une brillante société envahit l'appartement. Après le dessert, on envoya Jeanne se coucher. Sa mère l'embrassa distraitement sur le front, Jeanne s'endormit tard, les yeux rouges d'avoir pleuré.

Deux jours après, une bande joyeuse parmi laquelle Yvonne trop parée, le regard vague, emmenait Jeanne sur une plage bruyante et mondaine.

Voici ce qui s'était passé. Jacques avait essayé vainement de guérir Yvonne de sa fatale passion, puis, comme il était fatigué de sa maîtresse, il s'était lassé. L'amie de rencontre d'Yvonne l'entraînait, du reste, dans un monde qui lui déplaisait. Ce fut le prétexte de la rupture. Il fit une petite rente viagère à Yvonne et la quitta.

Mal conseillée par son amie, Yvonne se trouva bientôt fortement endettée. Toujours guidée par son mauvais génie, elle ne pensa pas qu'il y eût sur terre d'autre solution que de se faire entretenir par un second amant. Elle eut d'abord plusieurs liaisons passagères, puis elle fut littéralement livrée par son amie, qui toucha la forte commission, à un vieillard ombrageux et maniaque.

Ce vieillard ne lui donnait aucune satisfaction des sens. Le milieu spécial où la misérable corruptrice l'avait conduite, lui conseilla naturellement de se donner quelque compensation.

Et, bien qu'il lui eût été impossible de dire comment le fait se produisit, — son amie ne le sachant peut-être guère mieux, tout en ayant fortement contribué à cette déchéance — Yvonne eut un amant de cœur, un très jeune homme paresseux, d'éducation douteuse.

Jeanne rentra chez son père affolée, brisée après ces horribles vacances. Maria voulut l'interroger. Jeanne refusa de répondre. Sa mère lui faisait pitié, elle la blâmait intérieurement, mais elle l'aimait encore et ne voulait pas que sa belle-mère connût, par elle, des détails qu'elle devait ignorer et dont le souvenir remplissait l'enfant de tristesse et de honte.

. . . .

Aux visites, aux vacances suivantes, Jeanne retrouva sa mère dans la même compagnie de fêtards et de demi-mondaines.

Repliée sur elle-même, gardant jalousement ses pensées troublantes, Jeanne eut ainsi onze — douze... treize et quatorze ans sans que de grands changements survinssent dans son existence.

Élevée très librement, en dépit d'une sévérité apparente entre son père et sa belle-mère occupés par leurs travaux et leurs obligations mondaines, la solitude, la rêverie, l'oisiveté, l'étude du violon qu'elle avait préférée à celle du piano, la lecture et le dessin se partageaient son temps et sa fantaisie.

A quinze ans, elle s'entoura de livres sérieux pour refaire une instruction compromise par sa sortie brusque de pension et la négligence coupable de sa belle-mère. Celle-ci, ayant conquis des diplômes universitaires, s'était chargée d'instruire Jeanne, mais la répugnance invincible de l'élève pour les leçons de son professeur ne pouvait amener aucun résultat sérieux.

Maria en vint à ne plus lui donner que des avis intermittents. Il ne lui plaisait pas que l'enfant, très douée, prît véritablement goût aux études.

Cependant, Jeanne tenta de déjouer cette nouvelle ruse de sa belle-mère pour l'inférioriser. Elle suivit des cours et se lia d'affection avec une jeune fille qui préparait son brevet dans le but de devenir institutrice.

Une amitié étroite ne tarda pas à unir les deux grandes fillettes. Jeanne eut véritablement une année de bonheur presque complet. Elle se transformait, sa gaîté naturelle lui montait aux lèvres.

Maria Thissandier s'aperçut que son mari allait peut-être ouvrir les yeux. Il allait être fier de son enfant et ce miracle que n'avait pu faire l'amour; l'orgueil paternel risquait de l'accomplir. La fille d'Yvonne reprendrait presque son rang, le monde s'avouerait vaincu par tant de grâce, d'esprit et de beauté. Le passé s'effacerait peut-être.

Pour empêcher ce revirement, Maria fit une mauvaise action.

Elle prétendit que l'affection de Jeanne pour son amie était exagérée et conseilla à Claude de la briser.

Claude subissait malgré lui l'ascendant de sa seconde femme. Elle le dominait. Il défendit à Jeanne de fréquenter désormais cette amie chère; Jeanne tomba malade de chagrin, ce qui lui donna tort et confirma Claude dans la pensée que les soupçons de sa femme étaient fondés.

Malade, convalescente, Jeanne mesura toute l'étendue de l'indifférence paternelle et de la jalousie de sa belle-mère. Elle n'avait aucun lien avec le monde que fréquentaient Claude et Maria, chacun connaissant l'inconduite de sa mère, lui témoignant, tantôt une froideur hostile, tantôt une commisération qui la froissait. L'accusation portée contre Jeanne à la pension avait complètement éloigné Mme de Croissy-Laval de la fille de son ancienne amie.

Maria Thissandier avait su la conquérir en s'associant à ses bonnes œuvres et la grande dame, fervente catholique, trouvait un piment mondain très excitant à ses relations avec cette femme qui affichait, à son point de vue, des idées subversives, mais qu'elle admirait, parce qu'elle était intelligente, parce qu'elle la croyait femme de bien et parce qu'elle espérait la convertir. Il n'était plus jamais question d'Yvonne, si ce n'est quand l'écho scandaleux apportait quelque pâture nouvelle à Potinville, au grand désespoir de Claude.

Jeanne avait revu trois ou quatre fois l'an son ami Etienne, toujours interne au collège; les deux enfants se retrouvaient avec joie. Etienne témoignait à sa petite amie la même affection. Un peu de sentimentalité s'était glissée dans leurs dernières rencontres. Ils s'étaient promis de penser souvent l'un à l'autre et Jeanne avait confié, en grand secret, à son amie, qu'elle connaissait depuis son enfance un jeune homme qui lui plaisait beaucoup.

XII

DE CHARYBDE EN SCYLLA

Maintenant, plus de confidente ! plus une âme auprès de laquelle elle pourrait s'épancher. Et Jeanne avait seize ans : l'âge des rêves, des aspirations confuses, des obscurs désirs, l'âge où la jeune fille est encore une enfant... où l'enfant sent frémir en elle les premiers troubles de la jeune fille qui sera femme un jour.

Elle venait de passer deux semaines auprès de sa malheureuse mère. Un grand élan d'amour absorbait sa pensée et lui conseillait l'indulgence envers la pécheresse ; sa mère lui avait manqué, mais elle avait manqué à la pauvre femme. Elle crut qu'une inspiration divine lui dicterait son devoir. Elle subissait une crise mystique que nul n'avait prévu, un besoin d'idéalisme qu'aucune tendresse avertie ne pourrait satisfaire.

Maria lui infligeait quotidiennement de nouvelles vexations, elle voulait la plier sous une autorité despotique et l'abandonnait ensuite, après l'avoir humiliée, à ses impulsions personnelles.

Jeanne fatiguait ses forces physiques et morales dans ces escarmouches et cette solitude. Elle devenait anémique, dormait peu, mangeait à peine.

Refusant de subir un jour une injustice trop criante de la part de Maria, Jeanne s'emporta, employa des expressions malheureuses, regrettables. Maria versa des larmes de rage, Claude menaça Jeanne de la faire enfermer dans un établissement correctionnel. Outrée, Jeanne perdit la tête.

Elle s'enfuit chez sa mère. Son père ne fit rien pour la retenir, sa belle-mère fut heureuse d'en être débarrassée.

Yvonne ne manifesta pas une joie excessive au retour de sa fille. Cependant elle l'écouta patiemment exposer ses espérances d'avenir. Dans un moment de lucidité, elle lui promit même de faire tous ses efforts pour les réaliser. Mais elle ne changea rien au cours habituel de son existence.

Jeanne s'aperçut, avec un désespoir que les mots ne sauraient décrire, qu'il lui serait, non seulement impossible de relever sa mère, mais qu'il deviendrait dangereux pour elle de vivre en ce milieu. Moins de deux mois après son départ, elle se repentit de son coup de tête et écrivit à son père une lettre poignante. Celui-ci avait peu de cœur, mais il eût peut-être pardonné. Maria veillait.

Simulant une peine excessive de tant d'ingratitude, elle avait prévenu ses meilleures amies du malheur qui frappait sa maison. Chacun lui avait exprimé les

plus vives condoléances et avait plaint le pauvre père.
La bonne âme laissait croire que Jeanne brûlait de
suivre l'exemple d'Yvonne.

Bien que la sincérité de la lettre de Jeanne l'eût
ému plus qu'il ne voulût le laisser paraître, Claude
eut peur de l'opinion du monde et peur surtout de
mécontenter sa femme qu'il craignait. Sa fille était
désormais morte pour lui.

Il refusa de la reprendre.

Maria se chargea de répondre quelques lignes où
le fiel de sa jalousie se dissimulait sous des phrases
bien sèches et très dignes.

Une accalmie se fit dans l'esprit de Jeanne. Rien
ne lui semblait encore désespéré. La musique ou le
dessin pourraient lui offrir une carrière honorable.
Le monde des artistes, plus généreux, de vue moins
étroite, l'accueillerait sans prendre souci de la situation équivoque dans laquelle ses parents l'avaient
placée.

Mais, pour étudier sérieusement un art, il faut une
direction suivie, d'habiles professeurs et surtout de
la tranquillité d'esprit.

Jeanne obtint qu'on lui donnât, dans l'appartement,
une vaste pièce indépendante dont elle ferait un
atelier.

Au milieu de ce tourbillon de folie qui entraînait
Yvonne de Versigny, il lui fallut plusieurs mois pour
obtenir une installation selon son goût. L'argent
manquait sans cesse et Jeanne suppliait sa mère de

payer les factures des objets livrés, craignant qu'on
ne vînt les reprendre au moment où elle serait absor-
bée par ses études.

Après avoir mûrement réfléchi, Jeanne se décida
pour le dessin. Elle préparerait l'examen de l'Ecole
des Beaux-Arts pour entrer dans une classe de peinture et n'étudierait plus le violon que pour son agrément. Si elle ne réussissait pas dans le grand art,
elle trouverait du moins une place de dessinateur
industriel dans une fabrique d'étoffes ou de papiers
peints.

XIII

LUTTE CONTRE L'IRRÉPARABLE

Hélas ! son courage, son honnêteté, ses beaux projets devaient se briser contre les menus obstacles de la situation fausse où elle était enfermée, faute de ressources.

Yvonne, pillée par son jeune amant, rançonnée par ses amies, ne pouvant tirer de son protecteur plus que la somme convenue, dut refuser à Jeanne de lui prêter quelque argent liquide pour rémunérer un professeur.

Jeanne chercha des cours gratuits, mais elle s'y déplut vite. Le luxe de ses toilettes lui attirait les aventures les plus désagréables. Un professeur vint à domicile. Il ne fut pas payé, lui fit la cour ; elle le congédia, il se moqua d'elle cruellement.

Puis on la dérangeait sans cesse. La bande joyeuse avait trouvé son atelier très agréable. En vain suppliait-elle qu'on la laissât en repos. Les hommes la désirèrent bientôt passionnément, les femmes la trouvèrent sotte de vouloir apprendre à travailler tandis qu'il était si simple, jolie comme elle l'était, de vivre luxueusement et de ne rien faire.

Sa mère la défendait mal. Sous l'empire de la morphine, elle délirait ou demeurait de longues heures anéantie.

Le calvaire se faisait plus rude sous les pas de la jeune fille qui ne voulait point cependant devenir un pauvre être déclassé et abject comme la malheureuse femme qu'elle n'avait pu arracher à cette existence infernale.

Surexcitée, se rendant compte qu'elle courait à l'abîme, Jeanne pâlissait et maigrissait à vue d'œil. De son côté, sa mère dépérissait. Le poison faisait lentement son œuvre néfaste.

Bien qu'il ne témoignât aucun intérêt à Jeanne et qu'il n'entretînt Yvonne que pour satisfaire ses passions séniles, le vieillard eut cependant un bon mouvement. Il emmena les deux femmes dans une ville d'eaux renommée.

Il espérait que la situation exceptionnelle de Jex-les-Fleurs rétablirait la santé d'Yvonne.

Le jeune éphèbe qui craignait toujours que Madame de Versigny n'échappât à la séduction de ses moustaches blondes et de ses yeux pâles, joua à sa maîtresse une comédie sentimentale en la suppliant de lui permettre de l'accompagner. Yvonne lui paya son voyage, garnit ses malles de linge fin, l'habilla de pied en cap et l'intéressant personnage eut l'impudence de descendre dans le même hôtel que sa...

bienfaitrice. Grâce à la promiscuité de la table d'hôte, il put ainsi entrer en relations directes avec celui qui payait sa villégiature et qui était bien éloigné de le supposer.

Le vieillard ne lui trouva pas des manières très correctes et affirma que ce jeune homme laissait beaucoup à désirer sous le rapport de la distinction, mais il se laissa amuser par les saillies faubouriennes du drôle et par ses propos salés. Il le prit pour ce qu'il eut la jactance de se donner : un représentant de commerce.

Jeanne, qui connaissait la vérité, se laissait aller à un immense désarroi moral. Les yeux du misérable lui avaient dit toute l'impression que sa beauté avait faite sur un jeune homme qui se piquait de s'y connaître en femmes et il lui semblait que ce regard la souillait.

Cette situation ne pouvait durer. Dût-elle accepter une place de lectrice, elle ne pouvait demeurer plus longtemps auprès de sa mère.

Le lendemain, dès le réveil de celle-ci, elle lui demanda de l'entendre. Elle lui exposa nettement ses projets. Elle allait chercher une place de demoiselle de compagnie, au besoin de femme de chambre ou de gouvernante. Elle demeurerait en province, elle s'en irait à l'étranger. Qu'importe ! tout vaudrait mieux pour elle que de voir sa mère s'avilir ainsi et surtout de vivre du produit de la débauche.

Yvonne courbait la tête et pleurait. Elle ne se

fâcha pas des reproches mérités, mais si durs en leur franchise farouche, que sa fille lui adressait. Elle lui fit doucement remarquer qu'elle ne possèderait pas de références pour entrer dans une maison convenable et que partout où elle porterait ses pas elle se trouverait exposée aux désirs des hommes et aux dangers de la prostitution.

— Patiente, je t'en prie, ma chérie, je veux être plus raisonnable, me guérir, te permettre de continuer tes études, tu pourras te faire un nom, tu as beaucoup de disposition. Quand tu gagneras ta vie, je serai morte, je ne te ferai plus honte... Ne me quitte pas, reprit-elle après un instant de silence,... je suis bien malade.

Jeanne fut effrayée de l'expression douloureuse qui contractait les traits de sa mère. Elle la dévisagea et la trouva si changée qu'elle eut peur. Elle lui promit, non de demeurer toujours auprès d'elle, mais de différer sa résolution, se réservant de s'informer, non parmi leurs relations, mais autour d'elle, si quelque situation, se trouvant libre, ne lui conviendrait pas.

Huit jours après, Yvonne gardait le lit. Elle était condamnée. Le médecin ne laissait aucun espoir à son amant.

Sachant qu'il y avait eu consultation, l'habile protégé d'Yvonne, qui craignait de se trouver à bout de ressources en pleine montagne, arrêta Jeanne au passage et lui demanda des nouvelles.

Celle-ci les donna sèchement et voulut passer.
Alors l'ignoble et cynique personnage osa, dans un
tel moment, balbutier des propositions infâmes !
Jeanne s'enfuit, saisie d'épouvante.

Yvonne se releva cependant quelques jours. Elle
put sortir, revoir son jeune et misérable amant, et
lui signifier son congé car Jeanne n'avait pas eu le
courage de se taire.

Au cours de sa dernière promenade dans l'artère
principale de la petite ville Savoisienne, Yvonne de
Versigny, que Jeanne accompagnait, se trouva soudain en face du comte et de la comtesse de Croissy-
Laval.

L'un et l'autre feignirent de ne point reconnaître
les deux femmes.

Jeanne était habituée à ces humiliations. Cependant celle-ci la toucha plus que les autres, non qu'elle
eût conservé la moindre affection pour la comtesse,
mais elle pensait fréquemment à Etienne.

Elle espérait vaguement que l'affection de son ami
d'enfance pourrait lui apporter le secours qui l'arra-
cherait au gouffre malsain vers les bords duquel elle
approchait chaque jour davantage.

Sa mère ne lui fit aucune remarque, mais Jeanne
eût affirmé qu'elle avait aperçu la comtesse.

Cependant, en se sentant mourir, en songeant
qu'elle ne laisserait presque rien à sa fille, car la
part de succession qui reviendrait à Jeanne serait
insignifiante, Yvonne connut les affres du remords.

Les regrets du passé déchirèrent son âme.

Cette souffrance morale devait encore abréger ses jours.

Les Croissy-Laval méprisaient la divorcée et sa fille. Ils dédaignèrent cette rencontre et ne songèrent pas à changer de résidence.

Mais ils eurent le tort de parler de cet incident devant leur fils.

Etienne avait les idées beaucoup plus modernes que ses parents. Les préjugés de castes le laissaient froid. Les bavardages n'avaient pas de prise sur son esprit lucide et loyal. La physionomie sympathique et franche de Jeanne était peinte devant ses yeux sous ses couleurs réelles.

Il avait pressenti les drames obscurs, les chagrins muets de cette jeune existence. Et cette affection latente qui était demeurée fidèle à la fraîche image de Jeanne innocente et pure ne souhaitait que de se convaincre par elle-même qu'elle ne se trompait pas dans son intuition.

Jeanne était donc à Jex-les-Fleurs. Il feignit l'indifférence au récit de ses parents. C'était bien la première fois qu'il leur dissimulait un sentiment quelconque, mais il ne s'était pas encore avoué la profondeur de ce sentiment. Par contre, ce n'était pas la première fois qu'il opposait le silence aux paradoxes et aux axiomes des siens dans l'expression des théories intransigeantes qu'il ne partageait pas.

Etienne réfléchit qu'il trouverait facilement l'opportunité de voir Jeanne et de lui parler.

Et les jours suivants, délaissant ses excursions favorites dans la montagne, il flânait dans la petite ville fleurie, limitant ses promenades autour des deux grands hôtels qui abritaient les voyageurs les mieux disposés à payer un louis ce qui valait, partout ailleurs, un franc.

Et tandis qu'Yvonne gardait définitivement la chambre, Jeanne et Etienne se revirent seuls. Jeanne put enfin exhaler toute sa rancœur, pleurer toute sa tristesse, énumérer toutes les stations de son calvaire. Etienne crut à sa sincérité. Ils virent soudain la clarté se faire en eux-mêmes : ils s'aimaient.

Lorsqu'il connut, dans son étendue, la pénible situation de Jeanne, Etienne eut un beau mouvement : l'épouser.

Une folle espérance transfigura la jeune fille.

Cet espoir fut, hélas ! de courte durée.

Dès les premiers mots qu'il échangea avec sa mère, Etienne comprit que leur cause était perdue.

La comtesse, toujours si calme, si maîtresse d'elle-même, ne se connaissait plus. Tant qu'elle vivrait, jamais son fils n'épouserait cette fille de divorcés, chassée de pension à cause de ses vices et sans doute perdue déjà depuis longtemps sur les bons conseils de sa mère.

Etienne offrit de faire examiner Jeanne. Cette dernière eut un cri de pudeur blessée et de honte lorsque Etienne dut lui révéler tous les détails de l'entretien. Cependant elle eût tout accepté car elle eut la prescience que tout vaudrait mieux pour elle qu'un refus catégorique.

Mais le comte et la comtesse signifièrent à leur fils de ne point avoir à reprendre désormais une conversation de cette nature. Outre qu'Etienne était beaucoup trop jeune pour se marier, Yvonne de Versigny, Jeanne Thissandier n'existaient pas pour eux. Ils opposeraient désormais le silence aux supplications du jeune homme.

Ils tinrent parole.

XIV

La mort d'Yvonne était imminente. Ce n'était plus qu'une question d'heures.

Lâche et féroce, le vieillard feignit d'être rappelé à Paris, pour ses affaires, par un télégramme qu'il se fit adresser.

Comme un chacal, le jeune déclassé rôdait.

Une domestique indifférente, Jeanne qui retrouvait à ces moments suprêmes sa tendresse d'enfant, demeuraient au chevet de l'agonisante.

Dans son affolement, Jeanne osa écrire à Mme de Croissy-Laval. Celle-ci ne se dérangea pas, mais elle envoya un prêtre.

Une lettre que la jeune fille avait adressée deux jours plus tôt à son père demeurait sans réponse.

Le vieillard avait laissé deux cents francs à Jeanne et réglé les dépenses courantes de l'hôtel avant son départ.

La nuit vint. Vers onze heures, Yvonne s'éteignit. Elle avait recouvré toute sa lucidité d'esprit. Elle eut un regard de douleur intense en regardant sa fille, lui embrassa les mains en murmurant :

— ... Pardon !...

Et se renversa en arrière...

— Ma pauvre maman, cria désespérément Jeanne.

C'était fini.

. . . .

Le surlendemain, Jeanne, Etienne et quelques domestiques de l'hôtel, accompagnaient Yvonne de Versigny à sa dernière demeure.

Outrés de la compromission de leur fils à cette cérémonie, les Croissy-Laval quittèrent précipitamment Jex-les-Fleurs en intimant à Etienne l'ordre de les suivre.

Pour la première fois de sa vie, le jeune homme n'obéit point. Le comte et la comtesse, désolés, rentrèrent seuls à Paris et s'abstinrent de toute visite mondaine. Espérant qu'Etienne les rejoindrait sous peu, ils jugèrent inutile d'annoncer leur rentrée et de faire connaître au monde ce nouveau scandale dû aux Thissandier-Versigny.

Pour faire enterrer sa mère décemment et régler ses propres dépenses, Jeanne dut vendre les bijoux de la morte et les siens. Il lui restait à peine de quoi vivre une semaine dans cet hôtel luxueux. Elle vendit encore des vêtements, des objets inutiles, prit une chambre et un cabinet de toilette dans un hôtel de second ordre. C'était un mois gagné.

Le faux représentant de commerce avait essayé de

se faire donner quelque argent par Jeanne, Celle-ci
l'avait chassé. Quelle ne fut pas sa surprise en le
voyant s'installer dans l'hôtel qu'elle venait de
choisir.

Elle eut immédiatement la pensée de quitter Jex,
mais elle avait écrit une seconde lettre à son père en
lui annonçant la mort d'Yvonne. Elle attendait la réponse.

Claude ne donnait pas signe de vie. Toujours souffrant, sa femme le dominait absolument. Son second
mariage avait été pour lui, dans ses conséquences,
plus triste que le premier.

Sa femme aimait le monde, le bal, les réceptions
d'où les travaux de Claude et les soins de sa santé
précaire le tenaient maintenant éloigné.

Bien qu'il lui fût impossible de le prouver, car
l'aventurière était prudente, il savait que la conduite
de Maria n'était pas meilleure que celle de sa première femme. Cependant, la crainte qu'elle lui inspi-
rait, l'empêchait de se plaindre.

. . . .

Un autre motif, à peine avoué à elle-même, rete-
nait encore Jeanne à Jex-les-Fleurs.

Au moment de quitter peut-être à jamais, la tombe
de celle qui lui avait causé tant de souffrances, mais
qui, malgré tout était sa mère, elle ressentait une
peine immense à s'arracher de ce tertre fraîchement
élevé auprès duquel elle priait pour la morte et pour
elle-même avec une ferveur qui eût attendri ses pires

ennemis s'ils avaient pu la voir, et surtout l'entendre.

. . . .

Où donc le misérable qui la poursuivait, s'était-il procuré de l'argent pour demeurer à Jex? Personne ne le sut jamais, mais ce profit ne devait être que passager. Quoiqu'il en fût, le triste sire avait mis dans sa tête le projet de séduire et de lancer Jeanne.

Il se promit d'employer au besoin la force pour arriver à ses fins.

Sortie avec Etienne, après dîner, sur les instances du jeune homme, Jeanne le quittait à la porte de l'hôtel. Ils échangeaint une poignée de mains tendre et prolongée.

Jeanne montait lentement l'escalier en pensant à son ami, lorsqu'arrivée sur le palier du premier étage, un homme se jeta brutalement sur elle et voulut l'entraîner dans la direction d'une chambre dont la porte était entrebâillée.

Elle reconnut l'agresseur, cria, se débattit. De tous côtés, on vint.

L'hôtelier ne voulant pas se compromettre et prendre parti, leur conseilla de rentrer chacun chez soi; le misérable haussa les épaules, la compromit, fit croire à une querelle d'amoureux.

Jeanne pleura toute la nuit.

Le lendemain, Etienne voulait absolument venger l'injure faite à Jeanne, mais elle le lui défendit. Dans la journée, le vicomte loua un petit pavillon isolé et

malgré la résistance de la jeune fille l'obligea à s'y
rendre. Il viendrait seulement la voir.

— Le monde me calomniera, objectait Jeanne.

Ne serez-vous pas ma femme, chère bien-aimée ?
répliquait le jeune homme en effleurant ses doigts
d'une caresse et d'un baiser.

Constatant qu'il perdait son temps à la poursuite
de Jeanne, le pseudo-représentant de commerce prit
le train et ne reparut plus.

XV

ETIENNE DE CROISSY-LAVAL

Jeanne, qui entrait maintenant dans sa dix-huitième année, était grande, élancée, bien proportionnée.

Les ondes de sa chevelure, d'un blond doré, encadraient gracieusement son visage délicat et contrastaient avec ses grands yeux expressifs, colorés de bleu-gris foncé et adoucis par la longueur des cils.

Ses vêtements de deuil faisaient ressortir l'éclat de son teint et ses belles couleurs qu'elle avait retrouvées en respirant à pleins poumons l'air vivifiant.

Etienne avait entendu dire autour de lui que Jeanne était jolie, mais sa pensée ne s'était jamais arrêtée sur les charmes positifs de sa petite amie. Il l'avait vu grandir et se transformer sans détailler ses perfections. Leur camaraderie d'enfance créait entre eux une sorte de lien fraternel.

Mais, après la mort d'Yvonne, Etienne se retrouvait quotidiennement auprès de Jeanne et ne se lassait pas de l'admirer. Il avait vingt et un ans. C'était un jeune homme d'allure distinguée, grand et mince, à la physionomie agréable, au regard franc.

Très énergique, il venait à bout des difficultés par une patience inlassable et une humeur toujours égale. Intelligent, il s'était promis de choisir avec discernement la compagne de sa vie. Et il s'apercevait maintenant qu'il l'avait élue depuis longtemps, qu'il l'avait aimée dès son jeune âge.

Cette compagne, c'était Jeanne.

. . . .

Il y avait deux mois déjà qu'Yvonne reposait paisiblement dans le cimetière de la petite ville tout embaumée du parfum des roses et de l'odeur enivrante des herbes touffues qui croissaient aux pieds des monts.

Une lettre brève d'un notaire vint apprendre à Jeanne la mort de son père, survenue subitement, sans maladie apparente, quinze jours après le décès de sa première femme. Dans cette lettre, le notaire demandait à Jeanne ses instructions pour le règlement de sa succession.

Jeanne se souciait bien de ce dernier point, elle n'eut même pas le courage de s'indigner en pensant que Maria lui avait caché cette nouvelle qui faisait définitivement d'elle une orpheline.

Que lui importaient maintenant l'argent, la haine d'une marâtre, les cris effarouchés, les mines hypocrites du monde autour de son bonheur !

Au nom d'une société pudibonde et rigide qui

avait légalisé le désordre et ne voulait pas admettre qu'il existât, on l'avait martyrisée ; pour des fautes qu'elle n'avait pas commises et dont cette société inepte la rendait responsable, on avait fait de sa jeunesse, un enfer.

Par une suite de circonstances indépendantes de sa volonté, elle avait été couverte de boue morale.

Maintenant, elle jouissait des attentions, des égards, de la tendresse, de l'estime, de l'amour, enfin, d'un homme qu'elle adorait.

Qu'elle dût à cet homme sa vie présente, elle en éprouvait une joie immense. Elle était superbe de confiance et d'innocence. Union libre, soit ! Devait-on exiger d'elle une moralité dont on avait tué le culte en son âme en la sacrifiant injustement à cette déesse austère.

Et comme elle n'avait plus que le don de sa personne à offrir à Etienne pour lui prouver sa reconnaissance, ce fut elle qui se jeta dans ses bras un soir que la brise parfumée avait grisé ses sens et qu'un frisson de fièvre et de désir parcourait la vallée... Le clair de lune argentait un décor fantastique au flanc des montagnes qui semblaient s'exhausser encore dans la lumière pâle et mystérieuse. Des chants d'oiseaux troublaient seuls le silence...

Et l'Hyménée que la Nature et la Jeunesse avaient conclu loin du bruit et de la curiosité des hommes, s'accomplit dans l'extase irréelle d'une nuit de fête en un paradis d'amour !

Une splendide fin d'été offrit aux jeunes amants le spectacle délicieux d'apothéoses de lumière dans un de ces paysages merveilleux que l'on ne se lasse jamais de contempler, tant leur charme et leur aspect pittoresque paraissent s'appliquer à se métamorphoser selon l'heure et l'intensité du jour.

Et Jeanne faisait remarquer à Etienne ces déformations apparentes des lignes sous les baisers inconstants des rayons, sous les caresses froides et fuyantes des ombres.

Elle analysait, avec un choix rare et juste d'expressions, la mobilité des teintes qui, tour à tour, éclairaient, incendiaient et décoloraient l'horizon. Elle s'éprenait de la flore qui extravaguait en découpures étranges, se balançait en fines silhouettes ou semblait s'écraser à terre en taches voyantes.

L'artiste se révélait en même temps que la femme.

Tout vibrait en Jeanne : le cerveau, que nulle pensée de crainte ou de honte ne contraignait plus à l'idée fixe, le cœur qui avait enfin trouvé un cœur ami pour épancher sa tendresse, l'âme qui pouvait laisser voir, sans crainte de raillerie, la délicatesse de ses aspirations..

Etienne jouissait du bonheur qu'il avait fait naître.

La résurrection morale de Jeanne était son œuvre. Il la conduirait jusqu'au bout. Il lui avait rendu l'espérance, la joie d'aimer. Il lui rendrait encore sa

place dans le monde ; il l'aiderait à conquérir celle
qu'elle méritait.

Et parce qu'il n'était pas égoïste, qu'il avait l'oisiveté en horreur, que sa belle nature d'homme énergique et sain ne se créait pas des états d'âme fac-
tices et marchait, posément, droit au but qu'il s'était
tracé, il ne cherchait jamais à faire expier à son amie
l'ivresse de l'heure pendant laquelle ils échangeaient
des caresses, ou l'intimité des heures paisibles qui
s'enfuyaient tandis qu'ils échafaudaient de graves ou
de joyeux projets d'avenir.

En novembre, Etienne devait partir à l'armée pour
accomplir une période d'un an, étant dispensé du
service de trois années par sa qualité d'étudiant en
médecine.

Bien que très riches, les Croissy-Laval avaient tenu
à donner à leur fils une profession, qu'il exercerait
ou non lorsqu'il aurait conquis ses parchemins,
mais qui pourrait toujours lui être utile en cas de
revers.

Et le jeune homme songeait qu'ils avaient eu, en
quelque sorte, la prescience du cas où il ne devrait
plus compter sur leur indulgence pour lui fournir ses
moyens d'existence.

Son grand'père maternel lui ayant laissé une modeste fortune, il pourrait même achever ses études
et soutenir Jeanne sans demander de subsides à ses
parents.

Une seconde lettre du notaire de la jeune fille vint

rappeler à celle-ci les faits survenus et insister pour
obtenir une réponse de l'intéressée.

Il fallait donc rentrer à Paris, dans la vie réelle et
prendre de fermes résolutions.

A la veille de quitter ce cher pavillon, nid discret
de leurs jeunes amours, Etienne renouvela les ser-
ments qu'il avait faits à Jeanne avant qu'elle se donnât à lui.

Leur dernière promenade fut une visite à la tombe
d'Yvonne et les deux enfants, les mains unies, lui
accordèrent de grand cœur le pardon qui avait pu-
rifié ses lèvres au moment suprême.

. . . .

Jeanne éprouvait quelque mélancolie à se retrouver dans les rues bruyantes de la grande cité. Elle
allait donc vivre seule encore ! Etienne allait partir,
lui serait-il fidèle ?

Le jeune homme la rassurait.

Puis il ne l'abandonnerait pas à elle-même. Il était
urgent qu'elle liquidât d'abord sa situation, qu'elle
s'installât dans le très modeste appartement qu'elle
venait de louer rue de Seine et qu'elle se mit à travailler sérieusement en attendant son retour.

— Travailler ? interrogea la jeune femme.

— Travailler le dessin et l'aquarelle pour lesquels
tu as des dispositions étonnantes et appliquer ensuite
ces dispositions à étudier un de ces arts de la femme
qui associent, d'une façon si agréable, l'esthétique
à l'utilité. Ton imagination et ton talent te donne-

ront bientôt une place enviable. Quel art choisiras-
tu ?

... Je ne sais encore. Je vais te donner un guide
sûr, le maître Tony-Armand Léry pour lequel le
dessin, la peinture et le modelage n'ont pas de secrets... Je ne te conseille pas de te laisser absorber
exclusivement par le grand art. Fais cependant des
études assez complètes. L'art décoratif offre une
mine inépuisable à celui dont les connaissances sont
étendues.

— Et il n'y a pas de tâche plus noble, répondit
Jeanne, que d'astreindre la pensée à faire frissonner
la matière, que de donner une âme aux corps bruts
qui sont d'ineptes esclaves de notre volonté et qui
peuvent nous charmer, nous captiver à leur tour
quand nous leur avons communiqué l'étincelle de la
vie...

. . . .

Le fils aîné du célèbre peintre Tony Armand-Léry
était le meilleur ami d'Etienne. Ils se destinaient tous
deux à la même carrière et professaient les mêmes
idées. Ils appartenaient à cette jeune génération qui
veut réagir contre l'étroitesse des institutions ca-
duques sans se laisser entraîner jusqu'aux irréalisa-
bles utopies.

A son retour de Jex-les-Fleurs, Etienne avait
trouvé en Lucien un confident et un appui.

Lucien avait intéressé son père à sa future élève.

Jeanne fut reçue chez le maître avec toute la déférence que pouvait attendre la fiancée du vicomte de Croissy-Laval.

Tony Armand-Léry et Marguerite sa femme, — la *plus* dévouée et la meilleure des compagnes — connaissaient le triste passé de Jeanne. Ils s'étaient indignés de tant de souffrances imméritées. Ils avaient flagellé, comme elle le méritait, l'hypocrisie mondaine.

— Partez sans regrets, mon cher enfant, dit le peintre à Etienne, en lui serrant affectueusement la main. Votre fiancée a retrouvé une famille. Quand nous vous la rendrons, vous serez, j'en réponds, satisfait de ses efforts.

Et il ajouta, de manière à ce que Jeanne ne l'entendît pas :

— Jeanne Thissandier sera connue, souhaitons-le avec un autre qualificatif que celui de fille de divorcés.

XVI

Etienne revint, toujours épris de sa chère Jeanne.
Tony-Armand Léry fondait sur l'avenir de la jeune
femme les plus grandes espérances.

Marguerite Léry éprouvait pour Jeanne une affection sincère. Elle n'avait pas eu de fille, malgré son
très vif désir. Aussi se donnait-elle l'illusion d'être
la mère de cette belle personne à laquelle le monde
artiste commençait à s'intéresser vivement. Elle se
faisait aider par elle dans ses réceptions mondaines,
affectant de lui être reconnaissante de sa bonne volonté et lui permettant ainsi de se créer des relations
utiles à ses projets futurs.

Avec infiniment de délicatesse, elle réussissait,
dans son cercle d'amis, à envelopper la jeune femme
d'une atmosphère d'estime et de sympathie. Le
temps ferait le reste.

Jeanne avait reçu les comptes de la succession de
son père. Maria s'était habilement conduite dans la
gérance de ses propres intérêts. Elle s'était arrangée

de sorte que Claude Thissandier détournât, à son profit, le plus possible de sa fortune. Jeanne était donc frustrée d'une part de ses biens.

La fille du graveur ne voulut pas plaider. Elle avait hâte de ne plus entendre parler de sa belle-mère.

Cependant l'opinion subissait un revirement. On savait que Maria Vlinska ne possédait rien en propre lorsque Claude l'avait épousée. Et l'on s'étonnait qu'elle fût si bien partagée après la mort de son mari.

Veuve et riche, elle jeta bas le masque de vertu qu'elle avait déjà soulevé plusieurs fois pendant son mariage.

Maria ne fréquentait plus les Croissy-Laval avec lesquels elle avait rompu d'une façon assez cavalière.

Et cependant ces derniers ne voulurent pas encore accéder à la demande de leur fils lorsqu'il vint les prier, à son retour du régiment, de lui donner leur consentement à son mariage avec Jeanne.

Etienne eut, du moins, avec ses parents une explication nette et décisive. Il n'épouserait pas d'autre femme que Mlle Thissandier.

XVII

LES TRIBULATIONS D'UN BIBLIOPHILE

Le comte Louis de Croissy-Laval se sentait vieillir et se désolait d'être privé de la société de son fils qu'il ne voyait que quatre ou cinq fois l'an. Il se jetait à corps perdu dans l'admiration des livres rares et curieux.

Depuis certaine exposition de reliure comtemporaine qui avait été toute une révélation de tendances neuves et de formules renouvelées, il s'était épris de cet art délicieux qui peut emprunter à la palette des ors et des couleurs toutes ses séductions.

De son côté, la comtesse Berthe tentait de se consoler par des pratiques minutieuses de dévotion et s'occupait activement d'œuvres de charité.

Ils n'osaient s'avouer l'un à l'autre combien l'amour de leur cher petit leur faisait défaut.

Etienne avait maintenant vingt-quatre ans. Dans un an, il pourrait les contraindre à céder à sa volonté. Il leur adresserait la sommation respectueuse exigée par la loi. N'était-ce pas horrible d'en arriver à provoquer ces extrémités ?

Et, pour la centième fois peut-être, le comte Louis ressassait, en sa pensée, les mêmes objections à ce mariage. Tout bas, cependant, en sa conscience, une voix lui disait qu'il avait peut-être tort de s'obstiner ainsi.

Etienne n'était plus un enfant. Il savait ce qu'il voulait. Il travaillait avec acharnement. Il conquerrait bientôt ce titre de docteur qu'il ambitionnait. Jamais le comte n'avait entendu blâmer autour de lui la conduite de son fils. Jeanne Thissandier n'avait certainement pas eu de mauvaise influence sur son enfant.

Mais elle lui appartenait. Et on n'épouse pas sa maîtresse !

Pourquoi donc, reprenait la voix impitoyable, ne pas avoir tendu la main à la pauvre enfant lorsqu'elle criait au secours auprès de sa mère agonisante ? Pourquoi n'avoir pas tenté un rapprochement entre elle et son père plutôt que de l'abandonner ?

N'était-ce pas eux, les parents, qui l'avaient jetée dans les bras de leur fils par leur égoïsme et leur jugement trop prompt. Etienne affirmait l'honnêteté de Jeanne. Il était aussi croyable, après tout, qu'une Maria Vlinska qui s'était enfin montrée sous son véritable jour.

Et tandis que, songeant ainsi, et mécontent de lui-même, le comte Louis se rendait chez son ami de Courval qui avait promis de lui montrer une exquise reliure, la comtesse Berthe se faisait, à peu de chose près, des réflexions semblables en confectionnant une layette pour un orphelin.

. . . .

Avec des précautions infinies, de Courval sortit le fameux livre fraîchement relié de la vitrine où il était posé à plat. Le comte Louis s'extasia.

Dans un cadre moyennâgeux, la légende de saint Julien l'Hospitalier évoquait les scènes naïves d'une époque de miracle et de foi.

Le coloris possédait la délicatesse et l'éclat qui charme les amateurs de délicieuses miniatures de manuscrits. Par leurs poses hiératiques et convenues, les personnages rappelaient du reste ces dernières. Comme eux, ils semblaient descendus de quelque minuscule vitrail gothique.

— Que de science et d'art dans cette exécution, que de fini, que de soins dans le détail. Cette reliure-tableau vaut mieux, dans son exiguïté, que beaucoup de toiles trop vantées par une adroite réclame !... De qui est-ce ? ajouta le comte.

— D'une jeune artiste, très sympathique... mais au fait, vous devez la connaître : Jeanne Thissandier. Vous étiez, je crois, très amateur des œuvres de son père ?

— Jeanne Thissandier !... C'est Jeanne Thissandier qui a exécuté cette reliure ?

— Elle travaille le cuir avec maîtrise. C'est du

reste un peintre estimé. Aucun art ne lui est, je crois, complètement étranger. Elle grave assez joliment, m'a-t-on dit. Elle a pris des leçons du sculpteur Pierre Rocher. Mais elle se spécialise dans les travaux du cuir, elle le cisèle, le repousse, l'incise et l'enlumine selon l'inspiration... et selon le sujet. C'est une artiste de valeur. Je lui ai commandé des travaux très opposés pour la mieux juger... Je lui ferai relier un Maupassant, un Baudelaire, un Victor Hugo, un Rabelais et plusieurs ouvrages de Huysmans dans ses deux genres.

Le comte n'écoutait plus son ami. Il était confondu. Il fit un effort sur lui-même. La curiosité l'emporta. *De Courval* ignorait certainement le roman de son fils. Il pouvait l'interroger.

— J'ai cessé de voir Jeanne Thissandier il y a quatre ou cinq ans... je ne sais plus au juste... elle était bien jolie alors.

— Mais elle est toujours très jolie... c'est une personne charmante, distinguée... Je la connais depuis peu, mais je l'apprécie infiniment.

— Fillette, elle montrait, en effet, je crois me souvenir, assez de goût pour le dessin... Elle étudiait aussi le violon.

— Si elle est encore musicienne, elle a décidément tous les talents. C'est une perle rare. Heureux celui qui pourra l'enchâsser, soit dit sans penser à mal.

La conversation dévia. M. de Croissy-Laval abrégea sa visite. Il avait hâte de se retrouver auprès de sa femme pour lui faire part de ce qu'il venait d'entendre.

Il trouva la comtesse Berthe en larmes, contemplant la layette inachevée. Toute l'enfance de son fils passait devant ses yeux. Le comte n'osa plus parler de Jeanne Thissandier. Ce soir-là, la grande salle à manger parut plus triste, plus sombre et plus froide aux deux époux.

Le lendemain, Louis de Croissy-Laval eut plus de courage. En prenant le café, seul avec sa femme, il lui exposa ce qui lui était arrivé la veille. La comtesse Berthe ne se révolta pas quand il lui rapporta les propos de M. de Courval. Il osa donc exprimer plus nettement sa pensée. Elle lui répondit simplement qu'on ne pouvait se fier à l'appréciation d'un amateur grisé par une belle œuvre, et peut-être par la beauté de l'artiste, mais que rien ne s'opposait à ce qu'il prît des renseignements auprès d'autres bibliophiles. C'était la première concession faite par la comtesse.

De renseignements favorables en bons renseignements, M. de Croissy-Laval fut amené à désirer entrer en relations avec le peintre Tony-Armand Léry.

Il ne dit rien à sa femme et écrivit au maître pour lui demander un rendez-vous. Tony-Armand Léry observa la même discrétion vis-à-vis de Marguerite. Il ne voulait pas donner de fausse joie à son entourage, mais il attendait avec anxiété la venue de M. de Croissy-Laval dans son atelier. Celui-ci se fit introduire simplement sous le nom du comte Louis, ce qui ne compromettait personne.

Après une demi-heure de préliminaires, Tony-Armand Léry comprit ce que désisait le comte. Il fallait qu'une personne autorisée lui affirmât que son fils ne pouvait déchoir en épousant Jeanne Thissandier. Il entrevit la pusillanimité du comte, sa crainte des objections du monde, la tyrannie de ses préjugés et il se dit qu'il fallait brusquer la situation afin d'en sortir.

Il mit donc les choses au point. Il ne craignit pas d'affirmer au comte qu'il ne ferait que son devoir en accordant son consentement, que Jeanne ne serait pas réhabilitée parce que, à son point de vue, elle n'était pas coupable, mais qu'il vaudrait mieux en effet que cette liaison fut régularisée.

Il ajouta que l'amour d'Etienne, loin de l'avilir, l'avait sauvée des chutes pires. Seul, en ces circonstances douloureuses qui avaient précédé et suivi la mort d'Yvonne de Versigny, seul, il ne craignait pas de le lui dire en face, Etienne avait agi en bon chrétien en ne laissant pas cette pauvre enfant livrée aux hasards pernicieux de son existence compromise.

— Ils se sont aimés ; elle lui a prouvé sa reconnaissance en se donnant toute... Que n'avez-vous pris Jeanne sous votre protection ? Que n'avez-vous prévenu cette faute qui était inévitable ? Elevée par une mère honnête, placée dans des circonstances ordinaires, tout cela ne serait pas arrivé. L'hypocrisie, la lâcheté du monde, voilà les coupables. Jeanne est innocente. Ma femme et moi, nous l'estimons et nous l'aimons de tout notre cœur. Mon fils Lucien aime le vôtre comme un frère et il a pour Jeanne Thissandier même affection, même dévouement.

Dussiez-vous, toute votre vie, tenir rigueur aux chers enfants de leur profond attachement mutuel, de leur amour qui est parfaitement honorable, et qu'il ne tient qu'à vous de rendre légal, sachez, Monsieur, que sans me permettre de vous blâmer, je suis personnellement résolu à employer tous les moyens en mon pouvoir pour leur faire oublier la souffrance que cette sévérité peut leur occasionner... et même à parer aux inconvénients qui peuvent en résulter.

Je serai toujours fier qu'ils veuillent bien considérer mon foyer comme le leur et reporter sur les miens et sur moi l'affection familiale qui pourrait peut-être parfois leur manquer. Quant à mon appui, il leur est acquis depuis longtemps.

M. de Croissy-Laval courbait la tête.

Il réfléchissait aux joies paternelles dont sa femme et lui se trouvaient sevrés dans leur hôtel morose. Il enviait, à cette heure, le bienfaiteur qui avait tendu la main à la fille de Claude.

Mais comment réparer et cicatriser le mal qui était fait ?

Il serra la main du maître.

— Nous nous reverrons, Monsieur, lui dit-il doucement.

Tony-Armand Léry s'inclina. Il se dit, avec une
réelle satisfaction intérieure, que la partie était déjà
plus qu'à moitié gagnée pour ses protégés.

Le jour baissait. Le peintre alluma une cigarette
et s'étendit sur un divan : « Fallait-il avertir Jeanne
et Etienne ou garder le silence sur cette entrevue?

Il adopta la dernière solution.

XVIII

LES AFFRES DE JEANNE

Non loin de leur nid d'amants, qui se composait du bureau de travail d'Etienne, d'un salonnet, d'une chambre à coucher claire, d'un cabinet de toilette, d'une salle à manger sobre, d'une cuisine et d'une chambre de bonne, le tout situé dans une vieille maison de la rue de Seine, Jeanne avait loué au cinquième étage d'un vaste corps de bâtiments de la rue des Beaux-Arts, desservi par un passage, un immense atelier.

Jeanne Thissandier exposait régulièrement depuis plusieurs années, tant au Salon qu'aux Galeries d'art les plus fermées. L'opinion du monde concernant son talent était exactement celle que M. de Courval avait exprimée au comte Louis.

L'avenir la dédommagerait sans doute des sévices du passé.

Mais Jeanne était généreuse et rêvait de faire œuvre utile.

Elle souhaitait venir en aide à ses semblables et

se proposait de fonder un atelier de décoration d'art qui lui permit de grouper autour d'elle un certain nombre de jeunes artistes et d'ouvrières moins favorisées.

Son objectif était de créer un type d'atelier moderne dans lequel s'établirait une étroite union entre l'art et la technique du métier.

Les ouvrières ne travailleraient que sur des modèles rationnels dont le dessin serait pur. Les jeunes apprenties que l'on formerait devraient elles-mêmes étudier soigneusement le dessin et faire de la composition.

Dans quelques années, elle ouvrirait une salle d'exposition où les résultats de cette tentative seraient loyalement soumis à la critique.

Elle rêvait d'atteindre ce triple but : rénover les arts de la Femme ; donner un champ nouveau et utilitaire à l'activité féminine en lui permettant d'appliquer son goût inné de la décoration à la technique des matières qui pourrait lui convenir ; permettre à la future artiste-ouvrière de se faire connaître directement au public sans avoir recours aux intermédiaires qui risqueraient de l'exploiter et sans être soumise au mauvais goût de ces intermédiaires pour lesquels il ne s'agit que de créer du bon marché, l'esthétique nationale étant le moindre souci d'un trop grand nombre de fabricants.

Elle ne se dissimulait pas les difficultés et prévoyait déjà que sa petite colonie d'artistes-décorateurs devrait, à ses débuts, être soutenue par des adeptes fervents de son idée, et lancée, d'autre part, par d'intelligents capitalistes.

Or, ces derniers qui chercheraient une affaire, ne détourneraient-ils pas la colonie de son but et la maison d'art ne deviendrait-elle pas, elle aussi, maison de commerce?

Tony Armand-Léry l'avait d'abord blâmée de ne pas se contenter d'être artiste pour son propre compte. Avec sa brusquerie habituelle, il l'avait traitée d'utopiste, de visionnaire. Puis, il avait compris, en voyant germer de tous côtés de généreuses et parallèles tentatives que Jeanne subissait l'influence évolutionniste de son temps, que le besoin d'expansion de la jeune femme lui était commun avec une pléiade d'artistes épris d'une renaissance de style et de formules, écœurés de la banalité des faits, des choses et des gens, et que l'on n'échappe pas, quoi qu'on fasse, à l'influence rénovatrice d'une époque qui veut se vêtir d'autre sorte et répudie, pièce à pièce, les modes surannées du passé.

Alors, tout en grommelant, il avait lancé l'idée de Jeanne et des encouragements étaient venus de tous côtés.

Mlle Thissandier se devait encore à de jeunes et nombreuses élèves appartenant à des classes sociales très différentes. Il lui fallait donc, pour réaliser ses projets, de la patience, de l'activité, du courage, de la persévérance et de la fermeté.

Elle entendait que les éléments groupés autour d'elle se fondissent dans la bonne entente et qu'aucun ne souffrit du voisinage de l'autre.

Elle veillait à ce que la jalousie, l'hypocrisie, l'orgueil, la vanité, le pédantisme, ces fléaux de la mauvaise éducation féminine ne fissent point échec à ses excellentes intentions.

Elle exigeait une bonne tenue d'ensemble et défendait qu'en dehors de la critique des œuvres, on attaquât l'individualité des exécutantes. Les idées devaient être discutées, non les personnes.

Afin de ne point donner prise à la médisance et de conserver à la fois, l'autorité, l'estime et la franche camaraderie dont elle savait user tour à tour vis-à-vis de ses collaboratrices, au cours de la tâche quotidienne, elle n'avait choisie ni amie préférée, ni confidente. Sa vie privée lui appartenait. Or, c'était un livre susceptible dont les feuillets, émouvants ou splendides, risquaient de se tacher aux mains d'autrui.

Personne ne franchissait le seuil de sa demeure personnelle, hormis Mme Armand Léry et son fils Lucien. Kate, la bonne anglaise qu'elle avait prise à son service, entendait mal le français et rencontrait suffisamment de difficultés de langage au cours de ses achats de provisions pour ne désirer exprimer que les mots indispensables à ses fonctions. Sous aucun prétexte, elle ne pouvait, de plus, venir à l'atelier.

Mais le soir, quelle joie profonde, quelle joie intime ressentait Jeanne en se retrouvant auprès de son cher aimé !

Combien elle se dédommageait, par de longues et douces causeries, du silence qu'elle s'était imposé à son sujet tout le long du jour.

Bien qu'il doutât souvent du résultat que pourrait obtenir sa Jeanne en dépit de son dévouement, bien qu'il craignit, tout au fond de son âme, qu'elle ne travaillât pour des ingrates qui, au moindre succès personnel de sa bien-aimée, se croiraient frustrées de leur part problématique de gloire, Etienne avait trop de générosité, trop d'espoir dans les ressources vitales des éléments sociaux, il était, lui-même, trop imprégné du désir d'amélioration, pour détourner sa fiancée du devoir qu'elle s'était volontairement imposé.

Leur avenir leur permettait de gagner largement leur existence. Ils devaient bien une rançon à ceux qui étaient moins doués ou qui avaient eu moins de chance. La perte de leurs illusions sur autrui serait, quoi qu'il arrivât, heureusement atténuée par la fidélité de leur attachement mutuel.

N'admirait-il pas et n'aimait-il pas Jeanne davantage en constatant que son cœur ne s'était pas desséché dans la souffrance et qu'elle était demeurée, par sa bonté et sa générosité natives, au-dessus des mesquineries et des lâchetés du monde ?

— Nulle tentative n'est inutile, disait aussi Lucien

Léry à Jeanne Thissandier. Si le terrain n'est pas encore propice, s'il n'a pas encore été labouré suffisamment pour permettre à la bonne semence de germer, de grandir et de courber ses épis sous la pesanteur des grains lourds, le souvenir des semailles qui se sont faites à notre époque encouragera les semailles futures.

Si les hommes simples ne comprennent pas intégralement l'effort de nos écrits et de nos arts, il leur restera cependant des notions précises et l'avenir ouvre encore ses champs infinis pour les moissons qui se feront peut-être, et que, dans tous les cas, on espèrera toujours.

— En attendant, répliquait Jeanne, savourons en rêve le pain blanc de l'idéal et mangeons courageusement le pain bis des réalités.

C'est ainsi que le temps s'écoulait. Les heures s'enfuyaient si rapides que Jeanne disait sans tristesse, puisqu'elle était aimée :

— Je vieillirai plus vite que beaucoup de femmes, car les heures pour moi se font plus brèves et, de les vivre aussi intensément, il ne me semble pas que la vie soit, elle-même, autre chose qu'une heure qui dure un peu plus que les autres.

Parfois, les jeunes gens faisaient de la musique et chantaient, à la suite d'airs anciens pour lesquels ils avaient quelque préférence, une de ces légendes modernes qui semblent encore plus effacées et plus lointaines que les vieux thèmes dans leur savante et poignante psalmodie.

Fréquemment encore, Etienne et Jeanne accompagnaient la famille Léry aux Français ou se rendaient aux brillantes soirées données par le peintre et sa charmante femme. Jeanne avait reporté définitivement sur cette dernière la tendresse filiale qui survivait au souvenir d'Yvonne comme la rédemption survit à la faute.

. . . .

Etienne était heureux, et, toujours sincère, il s'avouait parfois un peu mélancoliquement que le souvenir de ses parents s'estompait légèrement d'indifférence.

Le comte et la comtesse ne réveilleraient-ils donc pas ces sentiments de respect et de dévoûment absolus qu'il avait éprouvés envers eux dans sa jeunesse et son adolescence? Il lui serait pourtant si agréable d'entendre le délicat amateur qu'était son père discuter avec le maître Léry ou bien manier dans ses doigts la dernière œuvre de Jeanne; il lui serait si doux de retrouver dans les yeux de la comtesse les longs regards d'amour et d'orgueil maternels!

Mais la jeune femme tournait vers lui sa tête blonde et plongeait dans ses yeux ses regards profonds. Alors personne autre n'existait plus. Il n'y avait plus dans la pensée du futur docteur que les images capricieuses des contes bleus de l'avenir.

Cependant, depuis un mois, Jeanne paraissait nerveuse, triste, inquiète ; Etienne s'efforçait de la distraire sans y parvenir.

Un soir, il la surprit en larmes. Il l'interrogea, la prit dans ses bras, affolé de la voir en cet état.

Jeanne ne voulait pas avouer la cause de ce gros chagrin et le jeune homme faisait les suppositions les plus invraisemblables.

Qui donc avait assez d'influence sur Jeanne pour lui causer tant de peine?... Mme Léry?... mais non, ce n'était pas plausible,.. Le comte, peut-être, tentait encore de les séparer?...

Jeanne niait, se défendait. Elle ne pouvait rien dire. Mais, en dépit d'elle-même, le secret de ses affres lui monta brusquement aux lèvres.

Elle avait consulté le docteur, car elle ressentait, depuis quelque temps, de singuliers malaises. Aucun doute n'était possible, avait dit le praticien.

— Alors ?...

— Alors... un enfant naîtrait de leurs amours...

— Pourquoi donc hésiter à se confier à lui? Quelle pensée coupable envers sa loyauté avait-elle eue, sa Jeanne adorée? croire un seul moment qu'il fuirait son devoir, c'était insensé !

Jeanne priait Étienne de lui pardonner ses doutes que rien ne pouvait justifier et le jeune homme ne songeait déjà plus qu'à la consoler.

Mais devant cette responsabilité du lendemain, les jeunes amants comprirent qu'il fallait agir au plus tôt et qu'ils n'étaient plus libres d'eux-mêmes.

Jeanne avait trop souffert de la situation irrégulière que lui avait créée ses parents pour ne pas désirer de toute son âme que le même chemin de croix fut épargné au petit être qu'elle portait dans son sein.

Par détente nerveuse, plutôt que par faiblesse, et par inquiétude aussi, Etienne ne dormit pas cette nuit-là. En dépit de sa volonté même, il pleura.

La destinée lui permettrait-elle de sauver Jeanne de la honte une seconde fois ?

XIX

Après de longues périphrases, le comte avait avoué à sa femme sa démarche auprès de Tony-Armand Léry.

L'orgueil de Mme de Croissy-Laval avait subi une dernière révolte. Ensuite, elle avait ressenti une douleur aiguë au cœur en pensant que son fils se détachait d'elle et qu'il reportait son amour filial sur des étrangers.

Puis elle revoyait Jeanne enfant, elle se rappelait les projets ébauchés avec Yvonne, son impitoyable sévérité envers la conduite de cette dernière.

Chaque fois qu'une situation délicate s'était présentée, elle avait agi selon son rang, jamais selon son cœur. Yvonne était cependant sa meilleure amie d'enfance. Elle l'avait reniée après son divorce sans avoir rien tenté pour la ramener au bien. Elle s'était murée dans une indifférence dédaigneuse.

Au moins, n'eût-elle pas dû se rendre auprès d'elle pour l'assister à ses derniers moments ?

Enfin — et c'était ce qui choquait le plus ses convictions — puisque la résolution d'Etienne était inébranlable, n'était-ce pas son entêtement qui maintenait les deux jeunes gens dans cette union libre qui lui faisait horreur?

S'ils étaient dignes l'un de l'autre, le mariage ne s'imposait-il pas immédiatement?

Et vingt fois elle fut sur le point de prendre une plume pour écrire à son fils de venir lui parler.

Un jour qu'elle se sentait encore plus angoissée que de coutume, Mme de Croissy-Laval vint trouver son mari dans sa bibliothèque.

— Mon ami, je souffre trop, il faut se décider.

— Etienne?... interrogea le comte.

— Oui, c'est d'Etienne dont il s'agit... mon enfant me manque. J'ai besoin de le voir, de l'embrasser..., de lui pardonner, ajouta-t-elle après un effort.

— Si je n'avais pas craint de vous offenser...

— Et moi-même si je n'avais pas craint que vous refusassiez...

— Que faut-il résoudre?

— Ecrire à Etienne qu'il vienne nous trouver.

— Nous lui accorderons de vive voix ce qu'il désire.

Par une sorte de pudeur, de gêne, ils ne prononcèrent pas les mots essentiels, mais ils étaient enfin résolus à ne plus s'opposer aux projets du vicomte.

Seulement, ils venaient déjà de faire un grand effort pour s'avouer mutuellement leur défaite. Cet effort les avait brisés. Ils remirent donc au lendemain la rédaction de leur lettre. Les circonstances devaient leur épargner cette preuve de faiblesse.

Le lendemain, vers onze heures du matin, au moment même où le comte de Croissy-Laval allait prendre la plume, son valet de chambre vint lui dire que M. le vicomte demandait à être introduit.

Le comte le reçut immédiatement.

— Faites prévenir la comtesse que le vicomte est dans mon cabinet, dit-il au domestique.

Etienne entra. Son père lui tendit amicalement la main et dès qu'il eût jeté les yeux sur le visage de son fils, il fut frappé de sa pâleur. Il crut remarquer que ses yeux étaient rougis comme s'il avait longtemps pleuré. Les deux hommes s'observèrent un instant en silence. L'un attendait que l'autre parlât.

La comtesse survint à propos. Elle permit à Etienne de l'embrasser et remarqua l'émotion qui se peignait sur le visage du jeune homme.

Il faut ajouter, car la nature humaine est bien loin d'être parfaite, que les nobles époux eurent la vision rapide d'un événement regrettable, mais qui eût tout simplifié. Jeanne n'était-elle pas partie pour un monde meilleur ?

— Vous me paraissez être sous l'influence d'un grand chagrin, Etienne ?

— Oui, ma mère... ce qui me comblerait de joie en d'autres circonstances, remplit mon cœur de tristesse et ma conscience de désespoir. Ecoutez-moi tous deux, je vous en prie, avec calme, avec bonté... avec indulgence. La démarche que je tente auprès de vous m'est très pénible. Vous comprendrez bientôt que je ne pouvais pas hésiter à la faire... que c'était mon devoir de venir encore vous importuner sur le sujet qui nous divise.

Quoi que vous pensiez de mes actes, quelque résolution que vous preniez après l'événement que je vais vous apprendre, épargnez-moi, je vous en conjure, les réflexions blessantes et les réprimandes.

Je vous ai toujours affirmé mon intention d'épouser Jeanne. Vous avez refusé jusqu'à ce jour de me donner votre consentement. Je me vois contraint d'insister auprès de vous pour que vous rendiez justice à ma compagne. Elle n'est pas telle que vous le pensez. Elle n'est pas indigne d'entrer dans notre famille...

Et maintenant, plus que jamais. je lui dois réparation pour l'injure et le préjudice que votre refus peut lui causer...

Le comte allait parler, dire peut-être ce qu'ils avaient résolu la veille. La comtesse l'arrêta d'un geste. Ils pouvaient encore garder le beau rôle — tel il était, du moins, à son avis, — et quelle que fût la gravité des circonstances présentes, son intuition féminine lui conseillait de ne pas l'abandonner.

— Continuez, mon enfant, dit-elle sans se troubler.

— Jeanne...

Les mots s'arrêtèrent dans sa gorge.

— Jeanne, reprit la comtesse, veut me rendre grand'mère.

Le comte ouvrit des yeux énormes. Il ne s'attendait pas du tout à cela. Le vicomte les regarda tous deux avec angoisse. La comtesse avait cependant trouvé la phrase qu'il fallait dire. Elle pouvait maintenant s'avouer vaincue.

. . . .

Le mariage du vicomte de Croissy-Laval et de Jeanne Thissandier fut célébré loin de Paris, sur les terres du comte Louis, dans la plus stricte intimité.

Tony-Armand Léry conduisit Jeanne à l'autel et sa femme Marguerite tint auprès de la jeune femme la place de sa mère.

Lucien Léry fut un des témoins du vicomte.

Le monde accueillit cette nouvelle avec plaisir. Depuis qu'elle était récompensée au Salon, et qu'elle gagnait largement sa vie, la société de Jeanne Thissandier était fort goûtée. C'était quelqu'un. Etienne faisait également son chemin. Un bel avenir s'ouvrait devant les jeunes gens ; ils n'auraient plus besoin qu'on les aidât. Enfin ils étaient rentrés dans l'ordre social, hors duquel il n'est point de salut. Que de motifs pour que le Tout-Potinville les flattât et leur accordât ses bonnes grâces !

Et cependant, si elle n'eût pas rencontré sur son

chemin un honnête homme, que fût-elle devenue
malgré son mérite, son intelligence et son désir de
faire le bien, la pauvre Jeanne à laquelle on ne connaissait pas d'autre titre pour attirer défavorable-
ment l'attention que d'être une enfant très malheureuse, une fille de divorcés !

TABLE

COURBEVOIE
IMPRIMERIE E. BERNARD
14, RUE DE LA STATION, 14

BUREAUX A PARIS : 29, QUAI DES GRANDS-AUGUSTINS

www.ingramcontent.com/pod-product-compliance
Ingram Content Group UK Ltd.
Pitfield, Milton Keynes, MK11 3LW, UK
UKHW022351090726
13658UKWH00002B/589